Kiss Incomplete

キス インコンプリート

青桃

Aomomo

文芸社

真夜中の陋屋《ろうおく》には灯りも灯らぬまま。ただ深々と夜の静寂《しじま》に包まれている。

「センセイ……」

と、夜の闇に充ち渡る声。

そのうら若く心許ない声に男ははたと目を覚ます。

さんざん使い込まれ、レザーカバーがよれて汚れてくたびれ果てたカウチ。

その座面に男はあられもない姿で身を預け、正体もなく眠りこけていたのだった。

男の頭上には、あまりにも低すぎる天井に無理遣りほじくり開けられた明かり取りの天窓。

天窓の向こうには、獣がその鋭い刃で闇夜を引き裂いた弓張月が煌煌と光を放つ。天窓越しに溢れくる月光のみが、唯一晦瞑《かいめい》に仄明かりをもたらしていた。

男の傍らに寄り添うシルエット。

その影が徐に身を乗り出してきて男の視界に覆い被さる。

暗がりに薄ら差す月の光芒に朧《おぼろ》に浮かび上がる少年の輪郭。

少年はしなやか細い指で、男の額にしどけなくかかる髪を優しく撫で上げる。

センセイと呼ばれたこの男。如何にも凡庸な中年男。そのみすぼらしい有様ときたら、横たわっているカウチと見紛うほど。

一見、少年とは親子のようであるが、その風采は少年のそれとは似ても似つかない。

少年が天窓を振り仰ぐ。

「月。半月で、とんがってる」

月映えに照り輝く少年の、その白皙《はくせき》の面差しは端整にして、どこか果敢無《はかな》げ。さながら今宵の月が降臨したかのよう。

男は思わず少年を抱き寄せる。弓形《ゆみなり》にしなる少年のたおやかな肢体。

夜の静寂がふたりを包み込む。

身を寄せ合い、頬寄せ合う男と少年。互いの指と指とを奥まで固く絡め合う。

偃月《えんげつ》がふたりの天上をかすめ、ゆっくりと東へと昇りゆく。

沈黙を破り、男は尋ねる。

「ここは？」

「やつのアジト。他に行くところがなくて……」

少年は肩をすくめる。

「だったら早く出ないと」

男はにわかにその身を強ばらせる。

「そうだね」

少年はうそぶく。

少年にはわかっていた。〝やつ〟と呼ばれた人間は、もはやここへは戻ってこないことを。

男はカウチから起き上がり立ち上がろうとするも、全身が疼いて思うように力が入らない。

またしてもカウチに倒れ込みそうになるのを少年に腕を担《かた》げられ、男はやっとのことでカウチの座面に腰掛ける。

少年は部屋の片隅に寄っていって、照明のスイッチに手を伸ばす。

ぽっとペンダントライトの小さな灯りがともる。

部屋のここかしこがあからさまに曝け出される。

刹那、月影の耽美は天窓の外へと吸い出され、夜露と消えた。

先程来の幽玄とはうって変わった興醒めな現実の下へと、ふたりは否応なく引き戻された。

男は背中を丸め、がっくりうなだれる。

気が滅入る。白熱灯の明かりですら目に障る。

鉄か鉛か。重くてままならない体軀……。

明るさに目が慣れてくるにつれ、男は首をもたげ部屋の中を見渡す。

思いの外《ほか》窮屈な矮屋《わいおく》。と思いきや、ここは家屋ではないらしい。

どうやら船の内部のようである。

雑然とした船内を小さな明かりを頼りに、少年は何やら物色し始める。

男はこれまでの経緯をさらってみようと、手始めに自分の身なりを見回してみる。

男が身にまとっているのは病院で支給される患者が着用するガウン。

それを見るにつけ、そういえばさっき少年が口にした〝やつ〟によって、完膚なきまでに伸されて人事不省に陥ったのを男は思い出す。

そしてさらには……。

記憶の糸を手繰りよせる男。

記憶がよみがえるにつれ、犯してしまった罪の深刻さに、男は後悔の念と絶望に打ちひしがれる。

「これに着替えて」

少年は部屋の隅から、男性物の衣類一式とぼろぼろの靴を引っぱり出してくる。おそらくは〝やつ〟の所有物であろう。

〝やつ〟は相当がたいのでかい男なのだろうか、だぶだぶのトレーナーにズボン。ベルトのバックルを一番奥まで締め込んで、どうにかずり落ちず、様になる。

少年はひざまずいて、男の素足に甲斐甲斐しく靴下と靴を履かせる。

「金ならある。〝やつ〟の金が。ちょびっとだけど。車も。おもてに停めてある」

潤んだ瞳で少年は男を見上げる。

「ここを出よう。どこか遠くへ逃げよう」

男は黙って少年の髪を優しく撫でつける。

少年の肩を借りて男はやっとのことで立ち上がる。ふたりは船外へと出る。

そこは作業用運搬艀《バージ》だった。

運河の河岸に停泊している。桟橋はあるにはあるが、足場の板が差し掛けられた程度で、大人ふたりがようやっと渡れるほどのお粗末な代物。

少年と男は互いにその身を携えつつ、月明かりを頼りに桟橋を渡りきり、岸へとたどり着く。

運河沿いの小径《こみち》に停めてある白の小型のステーションワゴン。

少年は男を助手席に乗せ、自分は運転席に乗り込む。

少年は慣れた手つきでダッシュボード奥深くに手を突っ込み、何やらワイヤーをいじっている。

程なくして車のエンジンが掛かる。

ポンコツ寸前のステーションワゴンは、ふたりを乗せて走り去る。


夜更けの逃避行《ドライブ》。

ラジオの深夜放送では、ブルースのスタンダードナンバーが流れている。

人気《ひとけ》も疎らな街をステーションワゴンはゆく。

時刻が深夜一時を回ったことをディスクジョッキーが告げる。

車はバイパスを抜け、郊外へと向かう。

小一時間で峠のスカイラインに差し掛かる。

半分の月がぼんやりと稜線を照らし出す。

曲がりくねった道路脇を延々と覆う山林。

「駄目だね。上り坂だと馬力が出ない。下り坂になれば飛ばすよ。ブレーキ利くかな」

少年は無邪気に男の方を見る。

「運転には気をつけないと」

男は静かに答える。

「任せといて」

少年は得意げに微笑む。

車は峠を登り切る。

「これからどうする？　どっか静かなところで暮らそう。先生と一緒なら、おれ、何でもするから」

ふたりの間に沈黙が流れる。

車は峠の下り坂を下り始める。

「もう手遅れなんだ。何もかも……」

男の言葉に少年は怪訝そうに男の方を振り返る。

「あのことだったら大丈夫。絶対わからない場所に隠したから」

「そんなことでは済まされない。もう取り返しがつかないんだ」

男は声を荒らげる。

突然の男の怒声に、少年は肩をびくつかせる。

車は下り坂を転がるかのごとく、どんどん加速していく。

男の頬が月明かりに光る。

「泣いてるの？」

少年は動揺を隠せない。

「なぜ？」

男はにわかに嗚咽する。

「すまない……」

ステーションワゴンは加速したまま、ヘアピンカーブへと差し掛かる。

「こうするしかないんだ」

そう叫ぶと、男は突如運転席側に身を乗り出してくる。

少年を押しのけると、遮二無二アクセルを踏み込み、ガードレール目がけてハンドルを切る。

車は猛スピードでガードレールを突き破り、そのまま真っ逆さまに山林へ突っ込んでいく。

車は凄まじい轟音とともに横転しながら崖を駆け下りる。

沢に落ち込んだところで、車はひっくり返って大破し、止まる。

辺りは静まりかえっていた。

ガソリンの臭いが漂う。

ドアを蹴破る音が静寂を破る。

少年がステーションワゴンから転がり出てくる。

あれほどの大クラッシュに見舞われながら、少年は奇跡的にほぼ無傷だった。

少年は今一度頭から車内に飛び込むと、懸命に男を引っぱり出そうと試みる。すでに息絶えているとは露も知らず。

程なくしてエンジンから炎が上がる。

火はあっという間に回ると車全体へと燃え広がる。

努力の甲斐なく、少年は男を車内に残したまま退かざるを得ない。

少年が車から離れるや否や燃料タンクに引火、車は爆発炎上する。

少年は爆風で吹き飛ばされ地面に叩きつけられる。

一帯を支配するのは猛火ともうもうたる煙。

ただその場に突っ伏す少年。

「先生！　先生！」

ありったけの声で少年は泣き叫ぶ。

燃えさかる炎の中でかけがえのない人が燃え朽ちていくのを目の前にし、少年は猛り狂って慟哭するより他なかった。

＊　＊　＊

陽炎なのか、揺らめきの向こうに誰かが立っている。

激しい息づかいと動悸。彼のもの？　それとも自分のもの？

制服か、ブレザーに白いシャツ姿。まだ幼さの残る少年の面立ち。

ここは？　バスの車内？

鼻腔を劈《つんざ》く強烈な臭い……ガソリン？

「駄目だ。そんなところに突っ立ってちゃ。早くこっちに」

力の限りを振り絞って彼のそばに駆けつけようにも、まるでストップモーションのごとく、思うに任せられず身体が動かない。

「早く！　もっと早く！」

陽炎と思しき揺らめきは炎だ。

瞬く間に炎が少年の肢体を呑み込む。

火達磨になってのたうつ少年。

バスの車内にも火が燃え広がる。

「早く火を消せ！」

炎に覆い尽くされるバス。

と、燃えさかる炎の音に混じって、どこか遠い空の彼方で轟轟と唸るような音がする。

「遠雷か……」

が、次第にその音は近づいてきて、やがてはっきりと聞き取れる音声となる。

「トキオ、トキオ」

女の声が彼の名を呼んでいる。

「季生《ときお》、起きて」

季生は、はっとして目を覚ます。

激しい息づかいと動悸。全身は汗だくになっていた。

同じベッドで共寝していた女が、悪夢から季生を救った。

「また同じ夢を見たのね」

季生はベッドから起き上がると、大きく息をつく。

女は彼に寄り添い、肩に手を回す。

「あれは事故だったのよ。あなたのせいじゃない」

季生は女の腕を無下に払いのけると、立ち上がって洗面台へと向かう。と、ベッドの下で控えていた一匹の白猫が、しっぽをぴんと立ててトトトと季生の後をついていく。

泉《いずみ》は優しい女だ。季生にだってそんなことくらい頭ではわかっている。夢で見たあの忌まわしい出来事があって以来、季生はめっきり腐っていた。

立石季生はここ三ヶ月、休職中の身である。それをいいことに、知り合いが経営する、とある山中の廃車場に引きこもって、世捨て人よろしく日がな一日無為に明け暮らしていた。

そんなどうしようもない自堕落な男に連れ添ってくれる物好きな女なんて、泉を置いては他にはいない。

泉がベッドから身体を起こす。

とはいえ、泉の憐憫めいた思いやりはかえって鼻につく。この余計なお節介がプライドの高い季生を苛立たせていた。

白猫は季生の脚にまとわりついて、ねぇねぇと鳴き声を上げ、すねに頬をすりつける。

「キティ、外に出たいんじゃない?」

季生が洗面台の窓を開けてやる。すると、キティと呼ばれた白猫はひらりと洗面台に飛び上がると窓から外へと出て行った。

季生はほてった身体を冷やそうと水道の蛇口をひねる。

ふと見上げると、窓から月明かりが。

にわかにけたたましいローター音が近づいてきたかと思うと、上空を一機のヘリコプターがかすめる。

「まだ未明だというのに……まったく騒がしいこった。どこか近くで事故でもあったのか？　それとも事件か？」

「物騒な世の中ね。そうだ、事件で思い出したけど、先日病院で奇妙なことあって」

と、泉は切り出す。

女の名は和貴泉。精神科医として都心の基幹病院に勤めている。

泉の言うことには、二、三日くらい前、身元不明の中年男性が満身創痍で病院の前に放置されていたそうだ。病院としては警察に通報はしたものの、そのまま放り出しておくわけにもいかず収容した。一通り治療を施したが、脳に損傷がないにもかかわらず、まるで廃人のごとく、男は一言も口が利けない状態。そこで精神神経科の専門医である泉が診察することになった。

と、ここまでは珍しいケースではあるが、ない話でもない。

「それがね。昨日その患者さんの診察中に、病棟で緊急呼び出しがあって、その人を診察室に残したまま駆けつけたのよ。もちろん、看護師がいたはずなんだけど……きっと隙を突いたのね」

泉が診察室に戻ってみると、身元不明の患者は忽然と姿を消していた。

ひとりでは用も足せないような患者がひとりでにいなくなるわけはない。

「で、ぴんときたの。診察室に戻ってくる途中で、廊下で車いすを押した男の子とすれ違ったんだけど。随分乱暴な扱いでね。危うく突き飛ばされそうになった。年の頃は十六、七歳くらいかな。フードを目深に被っていたから顔はよく見えなかったけど。急いで看護師やら警備員やらで手分けして追っかけたんだけど、一足違いで間に合わなかった。病院の駐車場に着いた時には、からになった車いすが乗り捨てられていて、すでに車で走り去った後だった。まさか病院から患者さんが盗まれるなんて」

警察に届け出て、診察室から紛失した物はないかなどいろいろ調べてみたところ、患者が消えた以外に変わったことはなかったそうだ。

大方、家族の誰かが迎えに来たものの、治療費が払えないとか何とかいった事情で患者を連れ出したのであろう。

といったところで取りあえず、この騒動は決着したらしい。

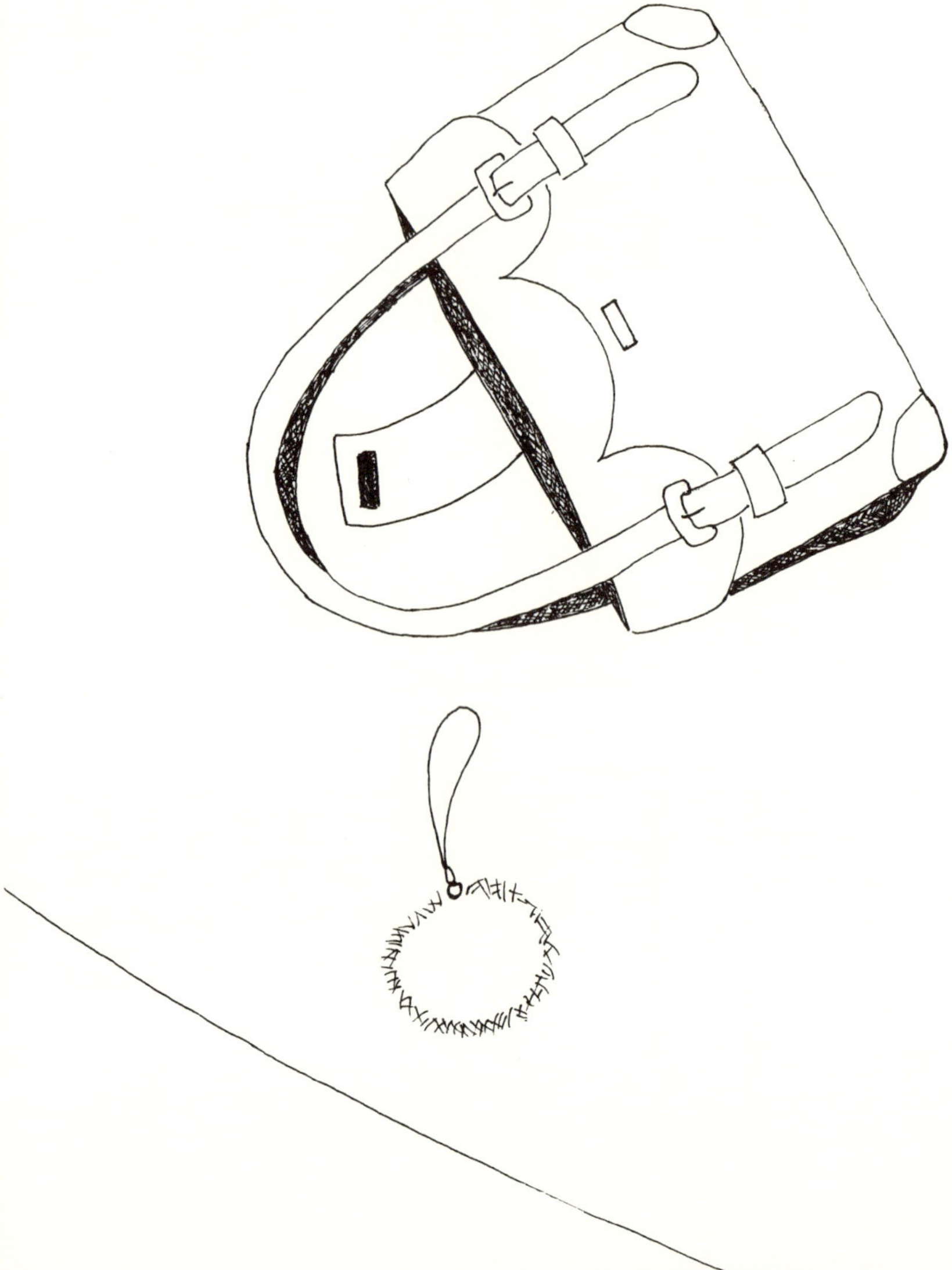

「昨日になって気づいたんだけど、白衣のポケットに身に覚えのないものが入っていたのよね」

泉がベッドから起き上がって、脇に置いたセカンドバッグを膝に乗せる。

泉はバッグの中を探る。

バッグから取り出したのは、ふわふわのボアのついた携帯電話用ストラップだった。

*　*　*

早朝の港は朝靄に包まれている。

岸壁に沿って整然と居並ぶ港湾用コンテナクレーン。

普段の静けさとはうって変わって騒然としている。

荷役用の埠頭には警察関係の車両が多数停められ、埠頭の周辺は制服、私服の警官であふれかえっている。

ポリスラインの中では、クレーン車が引き上げ作業を行っている。とはいえ、今朝の作業は荷揚げではない。

ひとりの刑事が波止場から作業の進み具合を見守っている。

クレーンの先端から吊されたワイヤーは海中へと続いている。

徐に海上へと引き上げられたるは一台のセダン。

慎重に地上に降ろされた車体に、鑑識の捜査官たちが群がる。

「原田捜査官」

名を呼ばれ、刑事は車体へと近寄っていく。

鑑識が車のトランクの中を指さす。

手足を縛り上げられ、見るからになぶり者にされた男の遺体。

「ひどいな……」

原田は遺体を一瞥すると、鑑識に託し現場を後にする。

自分の車へ戻ると、原田は無線を片手に本部とやり取りする。

「海の次は山か。やれやれ、長い一日になりそうだ」

原田は大きくため息をつく。

＊　＊　＊

「季生ん家の冷蔵庫に卵とハムがあるなんて奇跡ね」

泉はキッチンに立って朝食の準備にかかる。

とはいえ、ここは山の中のしがない廃車場。プレハブ造りの簡素な建物内には、必要最低限の水回りが一式に、寝床のベッドと居間代わりの事務所があるだけ。独り身男が侘しく暮らすにはおあつらえ向きの設えである。

そんなわけで、キッチンとはよく言ったものでシンクと一口コンロが申し訳程度に備わっているのみ。それでも泉にとっては十分であった。

程なくフライパンで卵の白身がはぜる音が部屋中に広がる。

泉が季生のもとを訪れると、必ずと言っていいほど朝食にハムエッグ、トースト、オレンジジュースが出てくる。お世辞にも料理が得意とは言いがたい泉にとって、数少ないレパートリーのひとつである。

なぜ季生はこれらの食材を備えていたのかと言えば、もちろん第一には自炊するためである。

とはいえ習慣とは恐ろしいもので、泉が定番の朝食をこしらえてくれることがすっかり定着してしまい、知らず知らずのうちに心待ちにしてしまっているのかもしれない。たとえ、こんな辺鄙な土地に引きこもろうとも。つまりは、季生は泉に手なずけられていると言えなくもないのだが。

こんがり焼けるハムの香ばしい香りとともに、安らぎが季生の胸に充ちていく。

と同時に、こんな僻地にくすぶって安逸を貪る自分に後ろめたさや焦燥感を覚えずにはいられない。

相反する感情を持て余す季生。苛立ち紛れに窓の外を見上げる。

清々しい早朝の空を切り裂いて、またしてもヘリが上空を横切る。

「まったく、ブンブンと……ハチかトンボみたいに」

「朝ごはん、できたよ」

キッチンから泉の呼びかける声がする。

それを合図にテーブルと椅子を整える季生。

ふたりで囲む食卓。

ちょっと前までは未来永劫そうなる予定であった。それはふたりの間で暗黙に交わした約束。

トースターがないから、フライパンで焼いた食パン。

それでもご機嫌にかじりつく泉。

その様子をじっと見つめる季生。

視線に気づき手を止める泉。

「どうしたの？」

「おまえは、おれにはできすぎだ」

「料理の腕を除いては。でしょ」

季生は微笑む。

「なあ、しばらく時間をおかないか」

胸のつかえを吐き出すべく、ついに季生は切り出す。

突然の話に、表情が凍りつく泉。

「なぜ？」

と言うのが精一杯だった。

「このままだと……おまえはおれを駄目にする」

泉を傷つけたくない気持ちとは裏腹に、繰り出される言葉ときたらまるで刃物。容赦なく泉を切りつける。

「料理が下手だから？」

「そんな意味じゃない」

「そんなことくらいわかってる」

泉の声がかすれる。

泉には十分すぎるほどわかっている。季生は意志が固く、頑として譲らないこと。一度口にしたことに二言はないということを。

と、突如携帯電話が鳴る。泉の物だ。

ベッド脇のバッグから携帯電話を取り出す泉。かすれた声のまま返事をするとすぐに切る。

「病院からの呼び出し。行かなきゃ。その話はまた今度」

食べさしの朝食をそのままに、急ぎ身支度を調える泉。

泉はふと季生を振り返る。

「ひとりで決めないで」

そう言い残すと、逃げるようにプレハブの扉から表へと飛び出していく。

車のエンジンの掛かる音がし、やがてそれが遠ざかっていくのを、季生はひとり聞いていた。

＊　＊　＊

原田は二件目の現場にいた。

現場は人里離れた峠のスカイライン。下り坂を走行中の車がヘアピンカーブを曲がりきれず、ガードレールに衝突。そのまま山林の中を転落し、下の沢で大破し炎上した模様。ブレーキをかけたタイヤ痕なし。無謀運転の末の事故か。それとも……。

警察関係や報道のヘリが飛び交い、騒然とする上空。

原田はポリスラインをくぐると、突き破られたガードレールから沢へと下りていく。

鬱蒼とする山林をかき分け進むと、間もなく少し開けた沢が見えてくる。

そこには燃え尽きたステーションワゴンの残骸が転がっていた。

「よくぞ山火事にならなかったもんだ」

辺りにはガソリンに混じって人が燃えた時に発生する独特の臭いが漂っている。

車から出すのに手間取ったらしく、遺体は今になってようやく担架に乗せられたばかりのようだった。

「随分派手に燃えたようだね」

現場担当の捜査官が振り返る。

原田は身分証をかざす。

交通事故の現場に公安警察が来たものだから、捜査官は面食らった様子だった。

原田は素知らぬ顔で尋ねる。

「車内か遺体に記憶装置のようなものは残されてなかったかな。ＣＤ－ＲＯＭとかメモリーカード、メモリースティック……」

「今のところ、そういった類《たぐ》いのものは何も」

「そう。念のために遺体をＤＮＡ鑑定に回してもらえる」

「いいですけど……照合するサンプルはあるんですか？」

怪訝そうに答える捜査官。

「当てはあるんだ」

そう言い残すと、原田は元来た自分の足跡をたどり足早に現場を後にする。

＊　＊　＊

季生はベッドに寝っ転がっていた。

テーブルには食べさしの朝食がふたり分、そのまま放置されている。

またしても、ヘリコプターが上空を行き交う音がする。

季生は枕で頭を覆い、両耳をふさぐ。

「よ、生きてるか？」

と、そこへ何の前触れもなく、ずかずかと部屋の中まで上がり込んでくるやつが。

「仙人ライフも板についてきたか？」

そいつはベッドでふて寝を決め込む季生の有様を見るなり、ぶしつけに笑う。

「どうやら死んでるようだな」

季生がやおら起き上がると、そこにいるのは原田だった。

ふたり分の朝食の食べさしが原田の目にとまる。

「何だ、泉が来てたのか」

「何でわかる？」

「何でって、ハムエッグと言えば泉が作れる数少ないレパートリーのひとつだろ」

またしてもベッドに倒れ込む季生。

「おいおい、どうしたどうした。別れ話でももつれたか？」

季生はくるりと背を向ける。

「図星か」

まさか季生の方から別れ話を切り出したなんて言えるわけもない。

「おまえがそんな不甲斐ない体たらくじゃ、愛想尽かされても当然だよ」

原田はハムエッグをつまむ。

「まさか料理が不味いって言ったんじゃないだろうな」

あまりの不味さに原田は傍らにあるオレンジジュースでハムエッグを流し込む。

「これは言うべきだな」

この無遠慮な男は原田翔太。季生にとって学生時分からの悪友だ。ともにキャリア組として警視庁入庁以来の同期でもあり、季生は捜査一課、原田はいわゆる公安へと進み、互いに切磋琢磨してきた。

それに、泉を巡って恋の鞘当てもしたライバルでもある。

「もとはと言えば、おれが先に泉に声を掛けたんだ」

大学時代、ナンパ目的で入部したテニスサークルで戯れに泉にテニスの手合わせを願ったところ、季生も原田も、一セットも奪えないままこてんぱんにやられてしまった。

それまでの人生において、敗北や挫折といったものにはとんと縁のなかったふたりが、女ひとりに翻弄されるとは。

青天の霹靂であった。

以来、季生も原田も泉に夢中になった。

結局、泉が選んだのは季生の方であった。野心家でエリート志向が鼻につく原田を敬遠してのことだった。

「身寄りもない、文なしのおまえのどこが良かったんだろう。おれの方がよっぽど泉に相応しいのに」

原田が季生のことを身寄りがないと言ったのは、季生は早くに両親を亡くし、児童養護施設で育ったからだった。七歳の時、警察官だった立石夫婦に里子として引き取られたこともあり、季生は自らも警察官を目指し苦学した。

一方、原田はいわゆる官僚一族の出で、エリートの道を歩むことを宿命づけられ、幼い頃から英才教育を施されてきた。

「顔だ」

そう言い放つ季生を原田は鼻先で笑う。

「泉はおれが見てきた中では完全無欠にいい女さ。今じゃおれたちよりも高給稼ぐしな」

そしてふたりは声をそろえる。

「料理を除けばな」

と、そこへまたしてもヘリの轟音が頭上をかすめる。

季生は辟易する。

「さっきから何だ。騒音たてやがって。おい、翔太、おまえまさかヘリで来たんじゃないだろうな」

「そんな重役待遇なわけないだろう。あれは報道ヘリ。知らないのか？　ひとつ峰向こうの山の中で交通事故があったんだ。ステーションワゴンがヘアピンカーブに突っ込んで転落炎上。男の焼死体が発見された。今朝からずっとテレビで報道されてるだろ」

「テレビは見ない」

「そりゃそうだろうなあ。おまえが指揮した事件で、あれだけの失態を全国ネットのテレビで大っぴらに生中継されたんじゃ、嫌にもなるわな」

減らず口をたたく原田。

「おっと、古傷が痛んだか。まあ気にするな。運が悪かっただけだ。おまえが悪いわけじゃない」

相変わらずデリカシーに欠ける男である。

季生はベッドから起き上がると原田を睨めつける。

「おまえ何しに来たんだ」

素知らぬ顔でうそぶく原田。

「現場まで来たんで、ついでに寄った」

「公安のおまえが？　たかが交通事故の現場に？」

季生はかっと目を見開き原田を凝視する。その探るような鋭い目つきを原田は見逃さなかった。

「実は今日は、先に別の死体遺棄現場にも立ち合ってきた」

原田はにわかに真剣な顔つきに変わる。

「今朝、埠頭の海中からセダンを引き上げたんだが、そのトランクに手足を縛られた男の遺体があった。明らかに拷問による暴行の跡が見られた。巧妙にやくざによる見せしめのように見せかけてはいるが、あれは違う。ここ最近暴力団がらみの抗争はないしな。あのなぶり殺しの跡は明らかに、その道のプロによる仕業だ」

「その道のプロというと？」

「某国の諜報機関の工作員だよ」

「スパイが？　まさか……何のために？」

「決まってるだろ。何らかの情報を聞き出すためさ」

「遺体の身元は？　そんな重要人物だったのか？」

「さあ、身元はまだ不明だが、近いうちに判明するだろう」

「で、その海の死体遺棄事件と山中の交通事故とはどう関連があるというんだ？」

「今から話すことはオフレコだぞ。これは公にはされていない事実なんだが、数日前、外務省の外交機密文書が持ち出された形跡があった。それと同時期、外務省高官のひとり長谷川斎《ひとし》という男が行方をくらましている」

「つまり？」

「車から発見された焼死体だが、十中八九、この行方をくらました男ではないかとにらんでいる。ＤＮＡ鑑定は依頼しているがね」

季生はやおらベッドから立ち上がると、狭い部屋の中を行ったり来たり歩き回る。

「どこかの国の諜報員が何かを聞き出そうとして拷問された死体。外交機密文書を持ち出した外務省高官の死体。これだけではまだ点と点。全貌が見えてこない。それに肝心要の機密文書は今どこへ？」

原田はお手上げといった様子。

「おれは事件の捜査は専門外だし、目下その機密文書の行方を追わなきゃならない」

「で、おれにどうしろと？」

「手を貸してほしい」

プライドの高い原田がこうはっきりと頼み事をするとは、事態はよほど差し迫っていると見えた。

「機密文書の中身はいったい何なんだ？」

「それを知る必要はない」

原田はきっぱりとはねつける。

「特命なのか？」

原田は黙ってうなずく。

季生は再びベッドに座り込む。

「悪いが、おれは休職中の身だ」

「頼むよ、休職なんていつでも解けるだろ」

原田はテーブルの椅子をベッドの方に引きずっていくと腰掛ける。

「おまえがその気なら、いっそ公安に移動して現場復帰するっていうのはどうだ？　上に掛け合って推薦状書いてもらってもいい。今の部署のままじゃ出世は難しいだろうし」

「余計なお世話だ」

「いつまでこんなところでくすぶってるつもりだ？　自動車の修理工にでも転身するつもりか」

「廃車場に修理工は要らない」

「このままおめおめ朽ちていくたまじゃあるまい。おまえは根っからの警官だ。自分の才能を活かせ。このやまを復帰第一戦にするんだ」

原田は立ち上がる。

「頼んだぞ。追って連絡する」

原田は立ち去ろうと踵を返す。

扉を出て行こうとしたところで、季生を振り返る。

「泉のこと、もっと大事にしろ。でないとおれがいただく」

＊　＊　＊

季生は廃車置き場の片隅にいた。

小さなドラム缶に廃材をぶっ込み、少量のオイルを掛ける。

季生が休職届を提出し、ここに引きこもって早三ヶ月。ここらで身辺整理をし、積もりに積もったがらくたを始末する潮時がきたようだ。

仕事、将来、そして泉との件。

そう、泉との関係をこのまま宙ぶらりんにしておくわけにはいかない。

季生はドラム缶に火を放つ。

廃材が勢いよく燃え上がる。

これが原田の言うように、果たして復活へののろしとなるのやら。

それより何より、まずは自分を試し、確かめておく必要がある。

季生は火のそばに小さな丸椅子を置くと、徐に腰掛ける。

ここしばらく季生はまともに炎を見られずにいた。それもこれも、すべては三ヶ月前に起こったあの事件に端を発する。

季生を休職へと追いやったあの忌まわしい事件。

季生は事件の経緯《いきさつ》を今一度反芻する。

あれは十七歳の少年二人組によるバスジャックだった。

場末のロータリーで少年らが、火炎瓶と出刃包丁を武器に乗り合いバスを乗っ取ったのだ。

少年らは乗客らを人質に車内に立てこもった。

たまたま別件で近くに居合わせた季生が、急遽現場の指揮を執ることになった。

少年のひとりは無職。もうひとりは高校二年生。ふたりは中学以来の友人であった。

直ちに特殊部隊（ＳＡＴ）に出動を要請。急襲制圧の機会をうかがうも、この年頃の少年は情緒不安定で、何をきっかけに逆上するか予測がつかない。少しでも対応を誤ると一触即発の事態に陥りかねない。事実、少年らはひどく興奮して出刃包丁を振り回した末、運転手に怪我を負わせていた。

突入のきっかけが摑めないまま、膠着状態が十数時間続いた。

疲労困憊した少年のひとりが火炎瓶を床に落としてしまう。火はついてはいないものの車内中にガソリンがぶちまけられた。

少年らはタバコを吸っていたこともあり引火の危険がある。

一刻の猶予もなく、特殊部隊がバスへと突入。人質全員の身柄を確保し、無職の少年を逮捕した。

が、車内に残った高校生の少年は、極度の緊張と恐怖のため身体が強ばり動けなくなっていた。隊員らは決死の覚悟で少年の救出を試みるも、タバコの火が床に落ちて……。

季生はドラム缶の中でめらめらと揺れる炎を見つめていた。

結局、事件は少年ひとりを死に至らしめ、幕を閉じた。

その後も事件の余波は続き、警察の対応についてマスコミからはさんざん叩かれ、各関係機関では責任問題が浮上した。

が、季生にとってはそんなことは枝葉のことである。

季生が悔やまれてならないのは、救えるはずの命を救えなかったことに他ならない。

もっと早く突入を命令していれば……。

あの時ああしていれば、こうしていればと、今さらどうにもならないことに、あれこれ思いを巡らせては後悔の念を持て余すのであった。

季生は炎から目を背け、うなだれる。

ぱちぱちと火の粉を上げる音だけが、静まりかえった廃車置き場を占めている。

「センセイ！」

突如、叫び声が静寂を劈く。誰もいないはずなのに。

季生は辺りを警戒する。

揺らめく陽炎の向こうで、必死の形相でこちらを見据える少年の姿が。

季生の脳裏で炎に巻かれ燃えさかる学生服の少年がオーバーラップする。

少年はドラム缶を乗り越え、季生に迫りくる。

「先生、今助けるから」

少年は季生の胸元に飛び込んできて、そのまま後ろへ押し倒す。

「だめだ、死んじゃ駄目だ」

少年は季生に摑みかかると、支離滅裂な言葉でわめき散らす。

かと思うと、急に事切れたかのごとく、ばったりと季生の胸に倒れ込んで動かなくなった。

夢か現か……季生はただ呆気にとられていた。

＊　＊　＊

ひんやりと濡れたような感触で額を優しく撫でられ、少年は目を覚ます。

季生が上から顔をのぞき込む。

「気がついたか」

少年ははっとして起き上がる。

「ここは？」

「まあ落ち着いて」

季生は再び少年をベッドに寝かしつける。

「ここは廃車場。もう夕方になるから、君がぶっ倒れてから数時間ほど寝てたことになる」

季生はベッドの傍らに腰掛けると、濡れタオルで少年の額を拭う。

「それにしても汚い顔だな。全身も土まみれじゃないか。どこぞの戦場から帰還したってな有様だ」

季生は一通り少年の身体を見渡す。多少のかすり傷程度はあるものの、一見どこにも目立った外傷は見られない。

年の頃は中学生くらい、十三、四歳と言ったところか。もう少し上かもしれない。

それにしても、少年がひとりこんな山の中で、いったいどうしたものか。

トレッキングか？　山歩きの最中に仲間からはぐれ、道に迷ったとか。それにしてはナップザックやなんかの装備ひとつ身につけていない。服装も靴もあまりにも軽装だ。夏とはいえ、こんな身軽な格好でトレッキングとは考えにくい。

家出人か？　たとえばバスでここまで来たが、無賃乗車がばれて強制下車させられたとか。こんな山の中で放り出された？　いくら何でもそこまで薄情なことはされるまい。

ヒッチハイクか？　乗せてもらった車のドライバーとトラブルになったとか。

いずれにせよ、長時間山の中をさまよっていたことには違いない。

「君、ひとりなのか？」

季生が尋ねるも、少年は首を横に振る。

「どこから来たんだ？」

少年は首を横に振る。

「持ち物は？　財布とか携帯電話とか？」

またしても少年は首を横に振る。

「名前は？」

少年はただ首を横に振るばかり。

「おいおい、記憶喪失ってやつか？　その手のことに関しては、おれは専門外だ」

季生は厄介なことになったとため息交じりに立ち上がる。

「とにかく汚れた服と身体を何とかしないと。まずはシャワーだ」

季生はバスルームへ向かう。

「君、腹は減ってないか？」

季生がバスルームから顔をのぞかせる。

と、少年はベッドから立ち上がっており、テーブルのそばにいた。そして、季生と泉が食べ残していた朝食を手づかみで次々と口に運んでいた。

「よほど腹が減っているとみえた」

季生は呆れかえるも、残飯を始末する手間が省けたとして、よしとすることにする。

シャワーが勢いよく噴き出す。

季生はシャワーの湯を調節し、少年を手招きする。

少年は躊躇なく服を脱ぎ捨てるとバスルームに飛び込んでくる。

季生がシャワーを向けると、少年は心地よさげに湯に身体を委ねる。

と、事務所で携帯電話の鳴る音がする。

季生は少年にシャワーヘッドを預けてバスルームから出て行く。

「おまえか」

電話は原田からであった。

「ええ、何だって？　埠頭から上がった遺体の身元？　ちょっと待って、メモを取るから」

季生は愛用の手帳を取り出し、原田からの情報を書き留める。

「村瀬《むらせ》修《おさむ》。三十八歳。住所不定。無職。売春斡旋、違法薬物所持および売買で逮捕歴あり。ただのごろつきじゃないか。何でこんな取るに足りないやつがスパイの拷問に遭うんだ？」

ふと季生がバスルームの方を振り返る。少年がバスルームから顔をのぞかせ上目遣いでじっと季生をうかがっている。

「どうした？……いや、おまえのことじゃない。こっちのことだ」

季生は再びメモを取る。

「交通事故の方は、被害者長谷川斎四十二歳。この男に絞り込んでおまえが専任で当たるんだな。明日そっちに寄るかもしれない。いや、この件に関してじゃない。ちょっとした野暮用でな。じゃ」

季生は携帯電話を切る。

季生が今一度バスルームの方を振り返ると、少年はさっと身を引っ込める。

小首をかしげる季生。

少年がシャワーを終えて出てくると、季生は自分の下着とシャツとズボンを貸し与える。

背のある季生の服は、華奢な少年の身体には少々大きすぎるようである。袖や裾をだぶつかせる姿は、まるで女が男装しているかのよう。

シャワーで汚れを洗い流してあらためて眺めてみると、この少年、どこか女を感じさせる雰囲気がある。それは単に肌の色の白さや線の細さといった身体的特徴からばかりではない。

子猫のように潤んだ瞳。人を食ったような眼差し。清廉と魔性が同居する両性具有のヘルマフロディトス。

もちろん季生には少年を愛でるといった性的志向はない。にもかかわらず、少年の放つオーラに魅せられずにはいられない。放っておけない可憐さと抗いがたい妖艶さを少年は醸している。

季生は己に内在する我が身ですら知らざる一面に戦慄を覚える。

背徳の誘惑から遠ざけるかのごとく、少年から目をそらす。

「明日警察に行こうと思う」

季生の言葉に、少年は身体をびくつかせる。

「何も君を警察に突き出そうってわけじゃない。っていうか実はおれ自身、警官なんだ。今はわけあって休職中の身だけど。警察は嫌いか？」

少年は肩をすくめる。

「捜索願が出ているかもしれないし。取りあえず身元を当たってみないことには。心配するな。きっとうまくいく」

季生はぽんと少年の肩を叩く。

「ところで、君のこと何て呼ぼう？　名なしの権兵衛じゃねえ。太郎ってのも芸がない。そうだな……杏介《ようすけ》なんてどうだ？　杏として行方知れずの杏介」

「杏介……」

少年はつぶやく。

「おれは立石季生。季生と呼んでくれ」

「季生……」

「よろしくな。杏介」

季生はキッチンへ向かう。

「随分腹が減っているようだから夕飯にしよう」

季生は手っ取り早くレトルトカレーと真空パックの白飯を温めると、ふたり分のカレーライスを用意する。

杏介はテーブルに着くなりカレーライスをがっつく。

無言のまま黙々と食べ続ける杏介を、黙って見守る季生。

「ところで杏介、〝先生〟という言葉に覚えはないか？　君が眠っている間、しきりに先生、先生ってうなされていたんでね」

杏介は手を止めたかと思うと、握っているスプーンをカタカタと小刻みに震わせ始める。

杏介の過剰とも言える狼狽振りに、季生は明らかに異常を覚える。

「無理に思い出そうとすることはない。ゆっくりでいいんだ」

季生はひとまず落ち着かせる。

杏介は大きく息をつき、徐にスプーンを握り直すと、また再びカレーライスに手を付ける。

夕餉は静かに過ぎていった。

季生は手際よく夕食の後片付けを済ませる。

「ちょっと早いけど寝る準備でもするか。君も疲れているだろうから」

杏介はただうつむいている。

「寝る場所のことか？　心配するな。君はベッドで寝ればいい。おれは別に場所を確保するから」

そういうと、季生はプレハブから廃車置き場へと出て行く。

しばらくしてキャンプ用の簡易マットレスを抱えて戻ってくる。

季生はざっとほこりを払うと、ベッドの脇に据える。

「ありがとう……」

杏介はおずおずとそう口ごもる。

「もう寝ろ。ゆっくり休め。明日は早めに出かけよう」

杏介はベッドに潜り込む。

季生は照明を消して、マットレスに寝っ転がる。

夜は静かに更けていった。

＊　＊　＊

エンジン音がして、杏介は目を覚ます。

杏介がプレハブからおもてへ出てみると、季生がバイクのエンジンを調整していた。

杏介がそばへ寄ると、気配に気づき、季生が振り返る。

「おはよう。よく眠れたか」

杏介は無言でうなずく。

「いいバイクだろ。今日はこいつで出かけるつもりだ」

排気量４００ＣＣのエンジンを吹かすと、いったん切る。

「よし。顔洗って身支度してこい。すぐに出かけるぞ」

杏介は怪訝な顔をする。

「何だ、腹が減ったのか？　取りあえず街まで出て、朝飯はそれからだ」

杏介はプレハブの中へ飛んで戻ると、季生に言われたとおりに顔を洗って身なりを整え、おもてに戻ってくる。

「準備はできたか。これ被って」

季生は杏介にヘルメットを手渡すと、自分もヘルメットを被り、バイクに跨がってエンジンを掛ける。

季生に促され、杏介が季生の後ろに跨がる。

季生は杏介の腕を摑んで、自分の背中の方へ引き寄せる。さらにしっかり季生の腰に腕を回して摑ませる。

「出発するぞ」

季生の声はエンジン音にかき消される。

バイクはスムーズに発進すると、ふたりを乗せて廃車場を後にする。

季生は快調に飛ばし、峠の坂を下っていく。

ふと山林の梢を見渡す季生。

ついこの間まで蟬がけたたましく鳴いていたはずが、今では、すっかり鳴りを潜めている。

季生が初めてこの山中に足を踏み入れたのは確か初夏の頃であった。

いつの間にか季節は巡り、晩夏へと差し掛かりつつある。

昨日までの三ヶ月間、季生の人生は停滞していた。

それが今日になって一変、昨日までとはうって変わって突如すべての運命の歯車が軋みを上げて動き始めた。

季生は、運命だの定めだのと安直に持ち出してくるのはどうも性に合わない。

それは季生の数奇な生い立ちによるところが大きいのかもしれない。

「人は皆それぞれの人生における能動者である」

これは季生にとってある種の持論ともいえる。とにかく季生はそう頑ななまでに信じて揺るぎない。

が、昨日ばかりは、さしもの季生も運命的としか考えようがなかった。

泉のこと、原田からの依頼、そして今この背中にいる少年……。

運命のカードが一挙に切られたのだから。

今はただ、この俗に言う運命のいたずらとやらに身を委ね、流転していくより他ない。どこへ運ばれていくのやら。幸福な結末か、さもなくば、悲劇的な終焉か。

杏介は季生の背中に身体を預け、ぴったりとしがみついている。

「こわくないか？」

季生が声を掛けると、

「ううん」

杏介は首を横に振る。

峠を下り終えると、バイクは郊外を走り抜け、やがて市街地へと入っていく。

「朝飯だけどハンバーガーでいいか？」

季生が杏介に尋ねる。

「うん」

杏介は大きくうなずく。

季生はファーストフード店のドライブスルーへと入っていく。

首尾よくハンバーガーにフライドポテト、ドリンクを朝食代わりに調達すると、ドライブスルーを抜け、そのまま休職中の職場へ向かう。

通い慣れた道のりをバイクで飛ばす。

＊　＊　＊

久々に訪れた警察署内。

当たり前のように通勤していた職場であるのに、まるで別物のように感じる。

当然、まずは季生の根城とも言うべき捜査一課へと顔を出すべきところなのだろうが、どうにも気が進まない。

季生は、中学時代の不登校の生徒のことをふと思い出す。

彼は学校までは通ってくるのだが、どうしても教室までは足が向かなかった。そこで、いわゆる保健室登校とやらをしていたのであるが、当時はそんな生徒の気が知れなかった。

今になってその心境が少しばかり理解できるような気がする。

季生は待合の長椅子に杏介を座らせる。

杏介は早速先ほど購入したファーストフードの紙袋を無造作に開ける。

辺りに匂いが漂おうともお構いなしに、ハンバーガーにかじりつく杏介。

杏介はここにはまったくの場違いである。

まだまだ子供にも等しい未成年者が学校へ行っているはずの時間帯に、働く大人の仕事場をうろついているのだから当然と言えば当然であるが。

しかも、身につけているのは季生の服で、だぼだぼの成人男子の上下という出で立ち。

ただでさえ人目を引くというのに、その上ファーストフードの匂いをぷんぷんさせているときた。

署員たちの視線を痛いほど浴びるふたり。

ばつが悪くて自嘲気味に片笑みをこぼす季生。

ひとまず目の前の用事を片付けることにする。取りも直さず目の前にいる杏介のことである。

季生は少年課へと向かう。

杏介はフライドポテトを手に季生の後をとぼとぼついてくる。

窓口に着くと、係の若い女性警官から声が掛かる。

「立石さんじゃないですか」

「よくご存じで……」

「それはもう、噂の人ですもの」

女性警官の言葉に季生は苦虫をかみつぶしたような表情となった。

「ごめんなさい。そういう意味じゃないのよ。イケメン、キャリア組、独身男性ときたら、そりゃ女子たちの間では放ってはおけないでしょ」

女性警官は慌ててごまかす。

三ヶ月前のバスジャック事件はいまだに語りぐさらしい。

「休職中って聞いてましたけど、もう出てきてらしたんですね」

「まあね」

季生は苦笑する。

「それはそうと、ちょっと頼み事があるんだ。この少年のことなんだけど」

季生は顔が見えるよう杏介を前に押しやる。

おずおずと歩み出る杏介。

「ええ！　もしかして隠し子とか……」

女性警官は急に小声になる。

「そんなわけないだろう」

季生は慌てて否定する。

「僕の恩人が預かっている子なんだけれど、その恩人の話によると、どこからともなく転がり込んできたらしくて。身元も名前もわからない」

季生は適当に繕う。

「記憶喪失？」

「そうかもしれない。が、はっきりしたことは……」

季生は顔を横に振る。

杏介は不思議そうに季生を見上げる。

「預かっている恩人家族とすれば、あまり大っぴらにしたくはないらしい。そんなわけで僕に内密に調べてほしい、とのことなんだ」

「取りあえず、家出人とか失踪者、捜索願とかの名簿に当たってみるけれど、うちの所轄から、うんと遠く離れたところから来た場合だと、なかなかヒットしないかも。それにそもそも届け自体が出ていないことには……」

女性警官は早速端末に向かい、検索をかける。

「あまり当てにはならなさそう。もっと詳しく調べてみないことには」

かんばしくない検索結果に、女性警官はさらに提案する。

「直接児童相談所とか児童養護施設とかに当たってみてはどうかしら。こういう子って大抵の場合、そういった施設を経ていることが多いから」

「ありがとう。助かったよ。何かわかったらここに連絡くれる」

季生は名刺を手渡す。

「いくぞ」

季生は杏介を促すと踵を返す。

すると女性警官が季生の背中に声を掛ける。

「あの、その……がんばってください」

季生は立ち止まって振り返る。

女性警官はどぎまぎする。

彼女の言わんとするところを季生は察し、うなずく。

「ありがとう」

少年課を後にするふたり。

次に原田のいるオフィスを目指す。

相変わらずフライドポテト片手に、ぷんぷんと匂いをまき散らしながら季生の後をとぼとぼついてくる杏介。

「おまえってやつには遠慮ってものはないんだな」

素知らぬ顔の杏介。

季生は半ば呆れる。

原田のオフィス近くまで来ると、偶然にも原田が部屋から出てくる。

「お、奇遇だね」

原田の方がふたりに気づき、声を掛けてくる。

「ちょうどおまえに連絡しようと思ってたところなんだ」

と、原田は季生の傍らにいる杏介に目をやる。

杏介は素早く季生の背後に隠れる。

「その子は？」

「昨日おまえが帰った後、突然うちの廃車場に迷い込んできた。名前も身元もわからない。記憶喪失かもしれない。嘘みたいだろ。だが本当の話だ」

「ふん……」

原田は杏介を鋭い目つきで一瞥すると、妙に訝る。

「例の山中での交通事故、起こったのは昨日の未明。で、その子がおまえのいる廃車場に現れたのは昨日の午後。事故現場から廃車場までは峰ひとつしか離れていない。場所といいタイミングといい、偶然にしてはできすぎのように思わないか？」

原田の様子に季生は尋ねる。

「まさか、関連があるとか言うんじゃないだろうな。同乗者がいた痕跡でもあったのか？」

「さあね」

「おいおい。証拠もなしに手当たり次第関連づけていると、捜査の方向を見誤るぞ」

原田は首を横に振る。

「おれは単なる偶然なんてものは信じない質《たち》でね。物事には必ず何らかの因果があると。その子もおまえのところに来るべくして来たんじゃないかってね」

「ま、ただの家出人だろう」

季生は一笑に付す。

「今日はこいつのことについて調べようとここへ来たんだ。ところで、おれに連絡したいことって？」

「おお、それなんだが、ここではなんだから……」

原田は人目をはばかる。

季生は杏介を待合で待っているよう言い含める。

原田は季生を人気のない一角へと連れていく。辺りに人がいないことを今一度確かめると、慎重に切り出した。

「まずは例の交通事故の件から。身元不明の焼死体の目星を付けている長谷川斎についてだが、大学法学部を首席で卒業し、外務省に入省。以後出世街道まっしぐら、今の地位まで駆け上がった。十年前に上司の娘と結婚」

「おまえと同じ、人もうらやむ順風満帆の人生だ」

季生が茶々を入れる。

「はた目にはね、そう映るんだろうが、それはそれでいろいろと厄介ごとがあるんだよ」

原田は顔をしかめる。

「昨日長谷川の家に行ってきた。奥さんに事情を話して、鑑定に使えるＤＮＡサンプルをもらうためにね。奥さんは動揺するかと思いきや、大して驚きもしない。むしろ冷淡なほど冷静だった。夫婦生活は破綻していたらしい。夫の長谷川は結婚当初から頻繁に家を空け、数日間帰宅しないこともざらだった。最近ではほとんど家には寄りつかなかったそうだ。そんなことで案の定子供はいない。奥さん曰く、大方外に愛人がいたんじゃないかって。お互い世間体を保つためにかろうじて夫婦の体裁を繕っているだけ、とのこと」

「奥さんの言うとおりなら、長谷川の交友関係を洗ってみる必要がある。特に女性関係をな。ところで、村瀬修については？」

「住所不定、無職。売春斡旋、違法薬物所持売買で逮捕歴あり」

「それは前に聞いた。他には？」

「やつの最近のアジトだが、艀だ。運河のどこかに停泊してある艀らしい」

「艀ってったって、運河にいくらあると思ってるんだ？」

「そこはおまえの頭脳と足とで何とかしてくれ」

と、突如金切り声が整然たるオフィスに響き渡る。

杏介のいる待合の方からである。

季生は急ぎ駆けつけると、待合は騒然としている。

たまたま居合わせた男性がひとり、尻餅をついて倒れている。

「何があった?」

季生が尋ねると、男性は面食らった表情で状況を説明する。

「タバコを吸おうとライターを点けると、そばにいた少年が急に悲鳴を上げて飛びかかってきたんだ」

「あの子はどこへ行った?」

男性は廊下の先を指さす。

季生は男性の指す方へと駆け出す。

後から来た原田がその男性に尋ねる。

「立石警視はどこへ行った?」

男性はまたしても同じ方向を指さす。

原田は季生の後を追う。

「警視? 何でまた?」

男性はきょとんとし、原田の背中を見送る。

季生が廊下の先まで行くと、行き止まりになっている。

誰もいない。

「杏介」

季生が呼びかけるも返事はない。

季生は今一度呼びかけてみる。

「先生だよ。先生はここにいる」

すると、杏介が柱の陰から飛び出してきて季生の腰に飛びつく。

「先生！　無事だったんだ」

必至に季生にしがみつく杏介。

季生はしっかりと杏介を抱きしめる。

息を切らして駆けつける原田。

「いったいどうなってるんだ？」

杏介のただならぬ有様を見るにつけ、呆然とする原田。

「その子、大丈夫か？」

処置なしとばかりに、原田は首を横に振る。

「医者に診せた方がいいんじゃないのか？　泉に頼めよ」

「ああ……」

季生は杏介の肩を抱き寄せると、その場から足早に立ち去る。

＊　＊　＊

結局、今日のところは原田からの依頼についても大した進展は見られず、杏介の身元探しに関しても何ら成果は上がらずじまい。

しかしながら、せっかく街まで出てきたからには、さし当たり身の回りの品を調達するくらいは済ませてしまおうと、季生はショッピングモールへとバイクを飛ばす。

ショッピングモールの駐車場に降り立つ季生と杏介。

まずは杏介のちぐはぐなファッションをどうにかすべく、ふたりは量販店の衣料品売り場へ直行する。

杏介は、まるで年端の行かぬ子供のように目をきょろきょろさせてフロアーを物色して回る。他に客がいようともお構いなし、戯れに目についた衣服を手当たり次第に試着していった。

先ほど署内でほとばしるほどの激情を見せたかと思えば、今度はうって変わって人目もはばからずはしゃぎ回るときた。

あまりの感情の落差を目の当たりにし、さしもの季生もたじたじである。

中身はさておき、アウトレットの安物ではあるが見てくれだけは今時のティーンエイジャーに相応しい、ましな格好にようやく落ち着いた。

衣料品の調達が済むと、次は食品フロアーにて食料を購入する。

一通り買い出しを終えると結構な荷物になっていた。

季生はバイクで出てきたことに多少後悔を覚える。

駐車場に向かおうとフードコートの脇を通り抜ける。

と、杏介は季生の腕を引っ張る。

「ソフトクリーム」

季生は無視して通り過ぎようとするも、杏介は腕を掴んだまま頑として動こうとしない。これではまるでだだっ子である。

仕方なく、季生はファーストフードスタンドに立ち寄って杏介にソフトクリームを買い与える。

白く輝く渦巻きに、目を輝かせる杏介。

ふと、季生の口元にソフトクリームを差し出す。

「おれはいいよ」

季生は顔を横に振るも、杏介は季生をじっと見つめ、半ば強引に差し出したまま。

季生は一口、口に含む。

杏介は満足そうに頬をほころばせる。

これ以上何も起こらないことを祈りつつ、季生は杏介を連れて駐車場へと向かう。

杏介はソフトクリームを頬張りつつ、季生の後に続く。

季生は杏介に手荷物のレジ袋を持たせ、ヘルメットを被せると、自分も同様にして、バイクに跨がる。

杏介はレジ袋の持ち手に腕を通し、季生の後ろに跨がると、片手はソフトクリーム、もう片手は季生の腰に回す。

季生はバイクを発進させる。

これでようやく帰宅の途につけると思いきや、交差点を通過したところで杏介がぴしゃぴしゃと季生のヘルメットを叩く。

今度は何かと、季生は路肩にバイクを寄せて停車する。

季生が振り返ると、杏介はコーンだけを握りしめた手を季生の目の前にかざし、ヘルメットの中でいたずらっぽく笑みを浮かべている。

さては……嫌な予感がして、季生はヘルメットを外しバイクから降りると、ジャンパーを脱ぐ。

案の定、ジャンパーの背部にはべったりと溶けたクリームがへばりついていた。

「おまえ、わざとやったな」

うけまくって笑い転げる杏介。

「早く喰っちまえ」

杏介はヘルメットを外し、コーンを一気に口の中へ押し込む。

季生はほとほと呆れ果ててジャンパーをはたく。

ふたりは再びヘルメットを被り、バイクに跨がると走り出す。

それにつけても、この杏介とやらはかなりのくせ者。手を焼きそうである。

疾風怒濤の思春期とはよく言ったものではあるが、感情の起伏の激しさときたら、単に疾風怒濤の一言では片付けられない。明らかに尋常ではないことくらい季生でもわかる。

それにショッピングモールでの一連の行動にせよ、先ほどのソフトクリーム騒動にせよ、あまりにも幼稚で年齢にそぐわない。退行しているのではと懸念する。

原田の忠告通り、専門医の診察を受けさせるべきなのかもしれない。

が、泉に依頼するのは気が引ける。

別れ話の件も決着がついていないというのに。

おそらく泉のことだから、そんなこと気にもせず快く引き受けてくれるであろう。そのいじらしさが季生にはやるせない。

それに、都合のいい時だけ泉を利用するなんて季生の沽券に関わる。そう考えるとかえって頑なになってしまう。

いずれにせよ、杏介の身元探しは解決まで時間を要するものであることは確実だ。このままふたりで共同生活を続けるつもりなら、長丁場になることを覚悟せねば。


夕方、季生と杏介のふたりは、廃車場へと帰り着く。

バイクで外の風に当たったのが功を奏したのか、杏介はすっかりおとなしくなっていた。

家に帰ると、まずは男ふたりが生活できるよう部屋を整えることから取りかかる。

だが、杏介ときたら先ほど購入した買い物の包みを開けるのがせいぜい。

残念ながら、杏介には自分の身の回りの世話をするといった基本的な生活力がまったく身についていないと見えた。

季生がせっせと片付け作業をしている傍らで、手伝うなり何なりするなんて考えは毛頭ないらしく、ただ床に座り込んで季生の動きをぼんやりと眺めているだけ。

その有様は、無気力ともとらえられるほど。自ら動こうなんて発想はこれっぽっちも浮かばないようである。

　一通り部屋の設えを整え終える。

「ねえ、窓の外でがりがり音がするよ」

　じっと床に座っていた杏介が洗面所の窓を指さす。

　窓の外では、昨日の未明に外に出て行った白猫が窓枠を爪でひっかいて、中に入れるよう催促している。

「ああ、うちの猫だ。ここに居候してる」

「窓開けて、中に入れてもいい？」

「そうしてくれ」

　杏介は立ち上がると窓際へ素っ飛んでいく。

　杏介が窓を開けると、白猫は杏介の胸元へ飛び込んでくる。

　白猫を抱え、杏介は顔をほころばせる。

　杏介が優しく撫でると、白猫は「ねぇ」と小さく鳴いて杏介の腕の中で甘える。

「可愛いね。何て名前？」

「キティ」

「キティって、あのキティちゃんの？」

「そうらしい。白猫だからって。泉がそう名付けた」

「泉って……季生の大切な人？」

「まあ、そうかな……」

「ふうん……」

杏介はキティを抱いたまま再び床に座り込む。

「そうなんだ……季生には先約あるんだ」

杏介はぽつりとこぼす。

「何か言ったか？」

季生が杏介の方を振り返る。

杏介は大きく顔を横に振る。

「さては、腹が減ったんだな。よし、今夜からはおれの手料理だ」

そう言うと、季生はキッチンに立つ。

食べ盛りの少年にレトルト、インスタント、ファーストフードのローテーションで済ませるわけにはいかない。

独身生活が長い分、季生は結構料理ができる方だと自負している。

少なくとも泉よりは。

手早く米をとぎ、炊飯器を仕掛けると、一汁一菜の下ごしらえに取りかかる。

泉が手料理をご馳走してくれる際には、大概イタリアンだのフレンチだのエスニックだのと季生が聞いたこともないような名前の料理が振る舞われる。正直喰ったこともないものだから、美味いのか不味いのか味の判断がつかない。それが泉の手でもあるのだろうが。

それからすれば、季生の料理は名前も味もわかりやすい。

「今日のおかずは味噌汁と豚肉の生姜焼きだ」

しばらくすると、生姜焼きの香ばしい匂いが部屋中に漂う。

「出来上がったぞ」

季生の声を聞きつけ、杏介はのそのそと立ち上がる。

「ぼさっと突っ立ってないで、テーブルにご飯とおかずを運べ」

季生に促され、杏介はようやくなすべきことを理解する。

テーブルに夕食の器を並べると、ふたりは向かい合って席に着く。

「いただきます」

季生が夕食に手を付けるも、杏介は黙って座ったまま。

「どうした？」

杏介は徐に箸を手に取る。

「明日は児童養護施設とか児童相談所とかに直接訪ねてみようと思う」

季生がそう言うと、杏介の箸が止まる。

「心配か？　そうだよな」

杏介を慰めようと、季生は打ち明ける。

「実はおれ、両親を早くに亡くして、施設で世話になってたことがあるんだ。そんなわけで血のつながった家族はいない。天涯孤独さ」

「季生はひとりじゃないよ。泉がいる」

杏介はつぶやく。

季生は微笑む。

「なんだよ……おまえには先生がいるじゃないか」

杏介はうつむく。

「一緒に探そう、その先生とやらを」

杏介はうつむいたまま黙り込む。

「冷める前に早く喰えよ。美味いぞ」

杏介は再び夕食に手を付け始める。

＊　＊　＊

「起きろ！　朝だぞ」

季生は杏介を起こしにかかる。

杏介はぐずっていたが、朝食の匂いにつられてベッドから抜け出てくる。

季生は、朝食に昨夜の夕飯の残りの味噌汁と、おにぎりを作ってテーブルに出してやる。

杏介は起きてくるなり朝食にありつこうとする。

季生は杏介をたしなめ、朝食より先にベッドを整えさせ身支度をさせる。

杏介はしぶしぶ季生に従う。

杏介に基本的な生活習慣を身につけさせるためにも、できる限り規則正しい生活を送らせなければと季生は甲斐甲斐しく世話を焼く。

「まるで母親だな」

ぽつりと漏らす季生のまぶたに、ふと里親の立石夫妻の姿が浮かぶ。

里子として立石家に入ったばかりの頃は、さんざん手を焼かせた。無秩序だった季生を一から躾け直し、教え諭した。赤の他人である自分をこうまでして手塩にかけるとは、立石夫妻の深い愛情に今さらながら思い至る。

それにつけても、つい二日ほど前までは昼も夜もないルーズな生活を送っていた季生だったのが、大した変わりようである。

と、季生の携帯電話が鳴る。

メールを受信したようである。

季生がメールをチェックすると、昨日訪ねた少年課の女性警官からだった。

メールの内容は児童相談所や児童養護施設の所在地や連絡先の一覧であった。

どうやら杏介の身元探しをする季生を気遣ってくれてのようである。

季生はお礼がてらに今度何かご馳走すると返信する。

「今日は施設を片っ端から当たってみよう」

季生の呼びかけに杏介は朝食を頬張りながらうなずく。

杏介が朝食を摂っている間に、季生は廃車場でステーションワゴンに乗る準備を始める。昨日の帰りに荷物が多かったことに懲りてのことだ。

杏介が朝食終えて表に出てくる。

ステーションワゴンを見るなり、杏介はその場で棒立ちになったまま硬直してしまう。

「出かける用意はできたか？」

季生がステーションワゴンの運転席から顔を出す。

杏介のただならない様子に車から降りてそばに寄る。

「どうした？　早く乗れ」

杏介は顔を横に振る。

「車は嫌」

「え？」

「車は駄目だ」

季生が車の方へ杏介の背中を押すも、杏介は頑なに拒否し尻込みする。

「駄目だ！　燃える！　燃える！」

杏介はそう叫んだかと思うと、急に興奮し身悶えする。

「わかった。わかったよ。車はやめよう」

季生は杏介をしっかりと抱きしめる。

季生の腕の中でその身を強ばらせる杏介。

杏介の荒い息づかい、激しい動悸が季生の腕や肩を通じて全身に伝わってくる。

季生は杏介の身体をすっぽり抱え込み、静かに背中を撫でてやる。

しばらくそのまま抱擁し続けていると、強ばった杏介の肢体は次第に緊張から解き放たれていく。

杏介が落ち着きを取り戻すと、季生はそっと杏介をその場に座らせる。

季生はステーションワゴンを見えないところへ片付け、代わりにバイクを押してくる。

「今日は一緒に出かけるのはよそう。おれひとりで行くよ。おまえはここでゆっくり休んでろ」

杏介は首を横に振る。

「ひとりにしないで」

杏介は季生のそばに寄り、すがりつく。

困惑する季生。

「一緒に連れてって」

杏介は自らバイクのそばに歩み寄ると、ハンドルにかけられたヘルメットを手に取り、季生を振り返る。

その顔は青白く輝く月のようであった。

「わかった。けど無理はするなよ」

杏介は作り笑顔で微笑むとヘルメットを被る。

「背中にいたずらするのも、なしだぞ」

季生はヘルメット越しに杏介に額を寄せていたずらっぽく告げる。

季生もヘルメットを被るとバイクに跨がりエンジンを掛ける。

杏介は季生の後ろに跨がり、腰に腕を回す。

「しっかり捕まったか？　行くぞ」

季生はバイクを発進させる。

＊　＊　＊

女性警官からのメールの情報をもとに児童養護施設を訪問して三軒目、いずれも空振り続き。

季生は早くも挫けそうである。

というのも、どの施設も人の出入りが多く、入所者も職員も何年かのうちにすっかり入れ替わってしまっているからだ。

もちろん施設には名簿は残っている。が、杏介は記憶喪失で自分の本名はおろか、場所の記憶さえままならないときている。つまり、名簿があろうとなかろうと当てにはならない。人の記憶を頼りに実物の杏介を判別してもらうより他、方法がないのだ。

今のところ杏介を知る人物は見つかっていない。

個人情報が望むと望まざるとにかかわらず巷に氾濫するこのご時世において、杏介の身元の証しとなる情報がひとつも見当たらないとは。この少年は本当にこの世に存在している人間なのだろうか。

まったく先が思いやられる。とんだ厄介ごとをしょいこんでしまったと、季生はいささか後悔し始めている。

何も季生が負わねばならぬ義務はない。行方不明者として警察の別の部署に預けてしまえば済む話である。

しかしながら、行き掛かり上のこととはいえ、引き受けてしまった以上、中途でほっぽり出すなんてまねは季生の性分がよしとしない。

それに、かつて季生自身も立石夫妻に救われた身だ。それゆえに、杏介の境遇を思うとそのまま捨てては置けない。

が、それらの理由は些細なことである。

三ヶ月前の例のバスジャック事件以来、季生は喪失感に呑まれ虚無の淵を漂っていた。

腑抜けになった季生の前に杏介は忽然と現れた。そして季生のすべてが一変した。

杏介の出現より、季生の中で何かが再び呼び覚まされたのだ。大きく抜け落ちてしまった何かが。三ヶ月前までは当たり前のようにみなぎっていた何か。

それはあたかも、乾ききった不毛の大地を慈雨が潤すかのごとく。生きる張り合いか、仕事への情熱か。その何かが季生を駆り立て、突き動かしたのは確かである。

この少年をどうしても救わねばならぬと。

独り善がりか自己満足か、はたまたありがた迷惑なお節介か。失った何かを取り戻すための代償行為か。そう揶揄されても致し方ないが。

いずれにせよ、季生はよみがえった。

季生の後ろには杏介がいる。季生の背中に頼り切っている杏介がいる。

季生は気を取り直して次の施設を目指す。

とある児童養護施設の前にバイクが到着する。

『風の子学園』

門前の表札にはそうある。

季生はバイクを停める。

むき出しのコンクリートブロックの塀の向こうに広がるひなびた小さな中庭。鉄骨モルタル造りの屋舎の壁は古びて黒ずんでいる。

子供たちは学校に行っている時間なのであろう。園内は閑散としている。

季生は刹那、幼い日々に引き戻されたような錯覚に陥る。

季生が一時世話になっていた施設もこのような趣であった。

季生の背中を通じて杏介にも伝わったのであろうか。杏介の肢体に緊張が走るのがわかる。

季生はヘルメットを取ると、杏介の顔をのぞき込む。

「どうした？　ここに見覚えがあるのか？」

ぼんやり遠くを見つめる杏介に、季生はバイクから降りるよう促す。

杏介は徐にバイクから降り立つとヘルメットを取る。

バイクの音を聞きつけたのか、職員と思しき年配の女性が屋舎から出てきて門へと近づいてくる。

訝しげに門の外をうかがう女性職員。

と、はっとして口元を押さえる。

「亮《あきら》くん？」

咄嗟に季生の背後に身を隠す杏介。

女性職員は急ぎ、門を開ける。

「この子のことご存じなんですね？」

季生が尋ねる。

「ええ。亮くん。上村《うえむら》亮くんよね」

女性職員は門から出てくると、季生の後ろをのぞき込もうとする。

季生は女性職員の前に割って入る。

「この子は、その……記憶がなくて。つまり記憶喪失のようで……」

杏介はおよび腰に季生の背中から顔をのぞかせる。

「はあ……」

女性職員は目を白黒させ困惑する。

「とにかくここじゃなんだから、中に入って」

女性職員はふたりを園内へ招き入れる。


職員室へと通される季生と杏介。

「さあ、さ、座って」

ふたりは訪問客用の椅子を勧められる。

このいかにも面倒見の良さそうな落ち着いた物腰の年配の女性職員は、風の子学園の園長先生であった。

季生は自分が警察官の身分であることを明かし、杳介こと上村亮を季生のもとで預かることになった経緯を簡潔に説明する。

園長先生は季生の話に真摯に耳を傾けていた。そして聞き終えると、静かに語り始めた。

「亮くんが初めてここへ来たのは、十歳になるかならないかの年だったかしらね」

園長先生の話によると、上村亮の父親は亮がまだ幼い時に家を出て行ったそうだ。

それ以来、亮は母と子ふたりっきりで暮らしてきた。

が、ある日、母親が突如亮をひとり残して姿を消した。

他に身寄りがなく引き取り手もなかったため、亮は児童養護施設に預けられることとなった。

「あれは確か亮くんが中学二年生の時だった。夏休み、突然上村くんのお父様と称する方がいらっしゃって、急に亮くんを手元に引き取るって……そりゃ、心配したわ。十年近くも便りのひとつもよこさず音沙汰なかった人ですもの。亮くんだって幼い頃に別れたきり、お父様とはまったく会っていないわけだから、顔もはっきり覚えていないって言うし。本当にお父様本人なのか調べたところ、本人に間違いなかった。定職があるのか、ちゃんと面倒見られるのか尋ねてはみたけれど、大丈夫の一点張りで。親権がある以上、踏み込んでどうこうするわけにもいかず……」

結局、十四歳の時に上村亮は父親に引き取られていった。

それっきり消息がわからなくなっていたらしい。

季生は杏介の年齢を、その外見から推察するに、精々十三、四歳だと踏んでいた。が、実際には若干年かさのようである。少なくとも十六、七歳にはなっているであろう。

だとすれば、この杏介こと上村亮少年は、風の子学園を出所してからの空白の二、三年を、いったいどこでどのように過ごしていたのであろうか。

謎を解き進めれば進めるほど、ますます謎は深まるばかり。

それにしても、この目の前の少年をこの先何と呼べば良いのだろうか。亮、杏介？　それともただの少年？

「今日こうして無事に顔が見られてほっとしたわ。あまり無事とは言えないかしら。けど、生きててくれただけで何より。実は一年ほど前、人づてに聞いた話なんですけど」

園長先生の表情がにわかに曇る。

「亮くんのお父様が亡くなられたって」

少年の瞳が一瞬にして凍りつく。

「お酒に酔ってて、過って艀から河に転落して溺れたんだとか。その話を聞いて、亮くん、あなたのことが心配で……ほうぼう手を尽くして探したのよ」

と、園長先生が何気なく少年の表情をうかがう。

少年は凍えるかのごとく小刻みに震えだす。

「亮くん！」

そのただならぬ様子に、思わず声を上げる園長先生。

少年は椅子から崩れ落ちる。

「しっかりしろ！」

季生が少年を抱き上げる。

「こっちへ」

園長先生は季生を医務室へと導く。

季生は少年をベッドに横たえる。

うつろな眼差し、青ざめた顔。力なく、ただ為されるがままに身を委ねるより他ない少年の肢体。

「どうも情緒不安定で。時々こんな風になってしまうんです」

ベッドに横たわる少年。見たところ何の変哲もないただの少年。

実年齢より幾分幼く感じられるのは、言動が幼稚なせいであろうか。

屈託のない笑顔、いとけない仕草。その下には隠された生い立ち。伺い知れない過去。

容態が落ち着くのを見届けると、季生と園長先生は静かに休ませるため、そっとベッドから離れる。

「すみません。ここへ連れてきて、かえってご迷惑をおかけしたようで」

季生が恐縮していると
「とんでもない。よくぞここを探し当ててくれましたね」

園長先生は穏やかに微笑む。

「よほどのショックだったのね。お父様が亡くなられたこと、亮くんは知らなかったのね」

園長先生は続ける。

「亮くんの前ではあまり父親のことを悪く言いたくなかったのだけれど……」

この上村亮の父親というのはとんだ食わせ者らしく、飲んだくれで定職には就いている気配はなかった。

息子を引き取りには来たものの、当然面倒を見られるはずもなく、逆に息子を食い物にするであろうことは目に見えていた。

「どうにかして亮くんを連れていくのを阻止しようとしたんだけれど、わたしの力不足で……」

みすみす見過ごすより他なかった歯がゆさを園長先生は切々と語る。

「亮くんをここでまたお預かりしたいのは山々だけれど、年齢の制限があって今さらお引き受けするわけにはいかないの。けれど困ったことがあれば、どうぞ遠慮なくいつでも訪ねてきてください。お力になれることもあるでしょうから」

そう言って、園長先生は季生に連絡先の名刺を手渡す。

「ところで、上村くんは今のように情緒不安に陥ったり感情が高ぶったりすると『先生』という言葉を発するのですが、これって園長先生であるあなたのことなんでしょうか？」

季生は尋ねてみる。

「さあ、どうでしょう。皆さんわたしのことを『園長先生』とは呼びますけれど、『先生』とだけ呼ぶことはまずありませんから。別の方のことなんじゃないかしら。学校の先生とか」

園長先生には心当たりがなさそうである。

「そうですか……」

季生は当てが外れて、ため息をつく。

＊　＊　＊

廃車場のプレハブは、夜の帳に包まれている。

静寂に時折虫の音が鳴り響く。真夜中ともなれば、昼間の暑さはすっかり冷めてしまう。思えば、ほんの何週間か前までは熱帯夜続きで、うだるような暑さであった。季節の変わり目はすぐそばまで迫っていた。

洗面台の窓の向こうにはけざやかな弓張月が、煌煌とその豊かな月光を惜しみなく降り注いでいる。

白猫のキティが窓の桟にひらりと飛び乗ると、夜空に満々と湛える月明かりを浴びる。

やがてキティのシルエットは窓の外へと消え去った。

季生はキャンプ用の簡易マットレスに寝っ転がり、腕を枕に窓越しに溢れくる月影を眺めている。

真夜中を過ぎても目が冴えて寝付けないのは、半輪の月がもたらす窓明かりのせいばかりではない。

季生の隣のベッドで眠るこの少年。

ひとつ扱いを過てば、たちまち壊れてしまいそうな、さながらガラス細工。

この上村亮とはいったい何者?

出生から現在に至るまで、どこでどう生きてきたのか?

殊に風の子学園を出てからの空白の三年間。繊細で感じやすい多感な少年期をどう過ごしてきたのであろうか?

季生の脳裏を浮かんでは消え、浮かんでは消えする謎の数々。

と、徐に月明かりを背に影が伸びてきて季生の視界を覆う。

季生がベッドの方を振り返ると、眠っているとばかり思っていた少年が身を起こし、季生の方へとにじり寄ってくる。

どうやら寝付けないのは季生ばかりではないらしい。

少年はベッドから、季生が横になっているマットレスへと移ってくる。

季生はマットレスの端に寄り、少年にスペースを譲ってやる。

少年は季生の懐に潜り込む。

季生はそっと腕枕を貸す。

窓越しに偃月《えんげつ》がふたりを包み込む。仄明るい月の光芒に、はかなく浮かぶ少年の端整な面差し。その白面からは、貧しかったであろう生い立ちを匂わせるものは微塵も感じられない。

ふと、少年の目尻からすっと涙がこぼれ落ちる。

季生は指で少年の目頭をそっと押さえ、額にしどけなくかかる髪を優しく撫で上げる。

「先生ごめんなさい。全部僕のせいだ……」

少年がにわかに嗚咽する。

季生は少年を抱き寄せる。

少年は季生の胸に顔を埋める。

月だけがふたりを見ていた。

＊　＊　＊

あれは夏の暑さも盛りの時季であった。

中庭にある小さなブランコに季生はひとり、揺れるともなく漕ぐともなく佇んでいる。

ここは確か季生が幼い日を過ごした児童養護施設。

「帽子を被りなさい。日差しが強いから」

懐かしい声がする。

声の主を求めて振り返ると、そこにはどういうわけか風の子学園の園長先生が。昨日初めて会ったばかりだというのに。

と、我が身を眺め回すと、季生の身体はいつの間にか少年のそれに戻っていた。

園長先生は季生少年の頭にそっと野球帽を被せてくれる。

「どうして？」

季生少年は不思議な面持ちで園長先生を見上げる。

園長先生はただ微笑みをたたえている。

「さあ、お迎えが来たわよ」

園長先生は手を差し出す。

季生少年はひょいとブランコから飛び降りると園長先生の手を握る。

ふたりは連れだって門へと歩いていく。

鉄格子の門扉。

その向こうで待っているのは、若かりし立石巡査とその妻。

徐に門扉が開く。

季生少年が外の世界へと一歩踏み出そうとしたその矢先、夏の陽光が少年の目に飛び込んでくる。

強烈な直射日光に視界を遮られ、刹那目が眩む。

軽い眩暈から覚めてみると、先ほどまでの目映いばかりの日差しとはうって変わって、辺りは陰影に包まれている。

仄暗がりにぼうっと浮かび上がる二つの影。

「父さん、母さん」

季生は呼びかけてみる。

が、目の前に現れたのは立石夫妻ではなかった。

身に覚えのある夫婦。薄闇の中で二対の目だけが爛々と季生を見据えている。

あぁ、そうだ。彼らは例のバスジャック事件で死なせてしまった高校生の両親だ。

苦渋、困惑、混乱、あらゆる感情が綯い交ぜになって、鉛のごとく季生の胸にずしりと重しとなってのしかかる。

季生が胸苦しさに喘いでいると、どこか遠い彼方で轟轟と唸るような音がする。

「遠雷か……」

と思いきや、その音は季生の耳元にまで近づいてきて、やがてはっきりと名を呼ぶ声に。

「トキオ、トキオ」

傍らで少年が季生の肩を揺さぶっている。

季生は苦しさのあまり跳ね起きる。

「ニャオ」

と一声上げて白猫のキティが季生の胸の上から飛び退く。

ことという、キティが軽やかに床に舞い降りる小気味よい音が部屋中に響く。

季生のかっと見開いた目に日の光が飛び込んでくる。

季生の知らぬ間に洗面台の窓明かりは昨夜の月から太陽に入れ替わっていた。

悪夢から覚めた季生はぐっしょりと寝汗をかいていた。

季生はほっと一息つく。

「どうした？　腹でも減ったか？」

季生は少年に尋ねる。

少年は首を横に振る。

「おれの腹じゃなくて猫の腹が減ったみたい。キャットフードどこ？」

季生は寝ぼけ眼をこすりながらキッチンのシンク下の物入れを指さす。

少年はキッチンに向かい、シンク下からキャットフードの袋を取り出す。床に転がっている猫用の食器を拾い上げ、キャットフードを注ぎ入れる。

キティはすかさず少年の足下に駆け寄り、ふくらはぎに頬をすりつける。

少年はキャットフードで山盛りになった食器を床に置き、キティの鼻先に差し出す。

キティは待っていましたとばかりにキャットフードをがっつく。

少年は床に座り込み、満足げにキティを眺める。

週末とはいえ、少々寝過ごしたようである。

季生は頭をかきむしる。

「なあ、杏介。いや、亮って呼んだ方がいいかな」

少年は季生の方を振り向く。

容赦ないまでに冷然たる無表情。恐ろしいまでに冷たくも美しいビスクドールの面であった。

少年はすぐに季生から顔を背け、キティの方へと向き直る。

しばしの沈黙の後、首を横に振る。

「杏介でいいよ」

せっかく自分が何者なのかわかったというのに……。

少年の淡泊な返答に、季生はいささか拍子抜けしてしまう。

無論本人が本名の亮ではなく杏介と呼ばれたいのであるなら、季生に異存はない。

それにしても、季生にはどうにも解せない。

昨夜の月明かりにたぎり落ちる涙に、先ほどの素気ない態度。

無情なまでに端麗な面立ちからはおよそ想像にも及ばぬ、狂おしいばかりの激情。

この感情の落差はいったい？

やはり記憶喪失のなせる業なのであろうか。

果たして少年にとってのアイデンティティーとは何なのか。

確かに昨日までに判明した少年の過去は手放しに喜ばしいものとは言いがたい。できることならその過去を遠ざけておきたいと思うのも自然な情動であろう。

その気持ちは季生にも理解はできる。季生も施設を後にし、立石夫妻のもとへ里子に行く際には、施設での過去はなかったことにしたいと願ったものである。

ただ、少年の態度はそれとは明らかに異なる。

何人にとっても過去の記憶がないのは、自分が存在しないのも同じである。どんなに悲愴な過去であれ、ないよりはあるに越したことはないであろうに。

にもかかわらず、自らをそれから突き放してしまうとは。まるで何かの呪縛から逃れるかのごとく。

仮に記憶から抹消してしまいたいほどの過去があるとするなら……。その境遇もまた、悲しいかな、今の季生なら共感できる。

事実、今もって季生には避けては通れぬ過去がありながら、今もなお、それに向き合えていない。

「待てよ、だとすれば記憶喪失というのは嘘で、その振りをしているということか？」

季生は杏介の方を振り返る。

杏介は床に寝っ転がってキティとじゃれ合っている。

その無邪気な有様を見るにつけ、記憶喪失が狂言だとはとても思えない。

こう言ってはなんだが、杏介が大の男を欺けるほどの知恵と技量があるとは考えがたい。

それに出会ったばかりの見ず知らずの季生に記憶喪失の振りを演じて見せたところで、何のメリットがあるというのだろう。

「まさか……」

推理が飛躍しすぎだと季生は頭を横に振る。

いたいけな少年を相手に穿ってかかるとは刑事の性なのか。季生も例に漏れず相当重症の職業病のようである。

と、携帯電話の着信音が部屋中に鳴り響く。

季生はやおらベッドから抜け出ると、無造作に置かれた携帯電話を手に取る。

着信相手を確かめる。原田からだ。

「ああ、おまえか。週末に電話をかけてくる野暮なやつは」

電話の向こうで原田が応酬する。

『野暮とは何だ、失敬な。事件が解決するまでは、おれに休みはない』

「例の特命の件だな。何か進展でも？」

『ああ、そのことでおまえに話があってな』

原田はまじめな声で続ける。

『おまえが住んでる廃車場近くの山中で起こった車の転落事故に関してなんだが』

「遺体のＤＮＡ鑑定の結果、出たのか？」

『いや、まだだ。まあ、結果を聞かずとも長谷川で間違いないだろう。それより、もっと興味深い事実が判明したんだ』

原田は含みのある声でもったいぶる。

『おまえ、ビンゴだよ。この間ちらっと言ってたろう』

「何だよ？　じらしてないで、とっとと話せ」

『実は、事故の時、長谷川の他に別の人物が車内にいたらしいんだ』

「同乗者がいたということか」

『同乗者どころかドライバーだったようだ。と言うのも、事故当時、長谷川は助手席に座っていたらしいんだ。ということは、当然誰か別の人物が運転席にいて、車を運転していたことになる』

「じゃ、その謎の人物が転落事故を引き起こした挙げ句、自分だけ助かって長谷川を置き去りにし、立ち去った」

　季生はちょっと間を置く。

「あるいは、事故を装って、わざと長谷川を車ごと崖から突き落とし、まんまと逃げおおせたとか」

『まあ、そういう可能性もなくはないが。現場に残されたタイヤ痕から見て、故意にやったとは考えにくい。今のところ事故の線が濃厚だ』

　原田はあっさり季生の説を否定する。

　すかさず季生は食い下がる。

「だが、その同乗者とやらが、おまえの言う諜報機関の工作員だったとしたら？　ほれ、あの埠頭で引き上げられた車内にあった遺体。殺された村瀬修。某国の諜報員とやらに殺《や》られたって、おまえ言ってたろう」

季生ははっと息を呑む。

「たとえばそいつが長谷川を車で連れ出す。そこで、長谷川が外務省から持ち出したという例の外交機密文書を受け取る。目的を果たしたら、あとは長谷川を始末するだけ。これだと筋が通る」

『だがな……村瀬殺害の死亡推定時刻から見て、おそらく車が崖から転落した時刻と、村瀬殺害の犯行時刻はほぼ一致する。同時に複数の現場で犯行に及ぶのは不可能だ』

「何も単独犯と限ったわけではないだろ。こうやって同時に事件を起こすことで捜査の攪乱にもなるしな」

『確かにそうだが……』

原田はしぶる。

『おまえの言うように複数犯であったとしても、同時多発的に犯行に及ぶことは、これまでのやり口から推測するにまず考えにくい。やつらの行動パターンは遊びがないというか……統一的で実に整然としている。飽くまで諜報活動が目的だからな。無論、目的達成のためなら殺人さえ厭わない。だが、殺しをやらかしたところで、自分たちの存在の痕跡は消そうとするだろうが、捜査の攪乱とかアリバイ工作とかそこまでは……そんな必要はないしな』
ふたりは大きなため息をつく。
『で、そっちの方は？　進展はあったか？』
「ああ。杏介だが、片っ端から児童養護施設に当たってみたところ身元が判った。本名は
上村亮。やはり……」
と、季生は杏介の方を振り返る。
杏介はどうやら季生と原田の電話でのやり取りをそばで聞き入っていたらしい。杏介は
茫然自失といった様子で突っ立っていた。
キティが杏介の足にまとわりついている。
杏介は青ざめた顔でふらふらと表へと出て行く。杏介が扉を開けたのに便乗して、キ
ティも外に飛び出していく。
杏介のただならぬ様子に、季生はいったんスマートフォンをテーブルに伏せると、杏介
を呼び止める。
「おい、ちょっと待った。杏介」
季生が杏介の後を追おうとすると、

『おまえなぁ』

と、原田が電話の向こうでがなる声。

仕方なく電話口に戻る季生。

『おまえん家に居候してる杏介くんのことじゃないよ。村瀬のことだよ。頼んでおいたろう。村瀬のアジト。運河に停泊しているらしい艀を探してくれって』

「ああ、わかってるよ。杏介の身元探しは、艀探しのついでだよ」

季生は言葉を濁す。

『おいおい頼むぜ。しっかりしてくれよ。三ヶ月のブランクで仕事の勘が鈍ったか？』

「ああ、退っ引きならない事態が発生した。すまんが、もう切るぞ」

『はあ？　人里離れた山奥で退っ引きならない事態もへったくれも……』

原田が話している途中ではあるが、季生は通話を切る。

スマートフォンをテーブルに放り出すと、杏介を追って表に走り出る。

廃車場に杏介の気配はなかった。

「杏介、杏介」

呼びかけるも返事がない。

季生は廃車場を一巡りしてみるも、杏介の姿は見当たらない。

季生は血の気が引くのを覚える。

季生がいよいよと覚悟したその時、プレハブから離れた廃車場の端の藪から草木のかすれる音がする。

廃車場の端と言ってもそこには、外と内とを隔てるような柵などはなく、周囲には藪があるだけ。藪の向こうは二、三メートルほどの高さの急斜面になっていて、鬱蒼とした森林が広がっている。

季生は音の聞こえた藪の方へと急ぎ駆けつける。

白猫のキティがねえねえと小さく鳴きながら藪の辺りをうろついている。

季生が近づくとキティがすり寄ってくる。

季生は藪の向こうをのぞき込む。

急斜面の下で仰向けになって倒れている杏介の姿が見える。

どうやら杏介は急斜面を滑落したようだ。

「杏介、大丈夫か？」

声を張り上げて呼びかけるも、杏介は身動きしない。

藪をまたいで越え、急斜面を駆け下りていく。杏介のそばへ寄ると、杏介の肩を軽く揺さぶる。

「杏介、しっかりしろ」

杏介に反応はない。

季生は杏介の肢体を背負い上げる。しっかりと担げたことを確認すると、もときた斜面を登っていく。

そこは細かい砂礫状になっており、降り積もった落ち葉で覆われ滑りやすくなっている。

下手をすれば杏介もろとも、もっと下へと滑り落ちかねない。

季生はところどころ地面から突き出た岩を摑みながら足場を固めつつ、一歩一歩着実に前進する。

ようやく無事に斜面を登り切る。

藪を乗り越え、廃車場の敷地内へたどり着く。

慎重に杏介を背中から下ろすと、地面に仰向けに寝かせる。季生はひざまずき、杏介の顔をのぞき込む。

ぐったりとしてまぶたを閉じたままの杏介。

青白く抜けるような雪肌は、さながら白磁を彷彿させる。夭逝した者のそれと見紛うほど。

杏介の頬を軽く叩く。

「杏介」

季生の呼びかけに杏介はか細い声でつぶやく。

「センセイ」

どうやら軽い脳震とうを起こしただけのようで、すぐに気がついた。

杏介は起き上がろうと身を起こすが、またすぐ倒れ込む。

「動かないで。しばらくこのまま安静にしているんだ」

それでも杏介はゆっくりと上半身を起こそうとする。

「首の後ろが痛い。何か刺さってるみたい」

「どれ？　見てやる」

季生は杏介を助け起こすと、杏介の上半身を自分の胸に引き寄せる。

季生が杏介の頭を支え、後頭部の髪をかき分ける。

杏介が首の後ろに触ろうと手を伸ばしてくる。

「触るんじゃない。じっとして」

季生がたしなめると、杏介は手を引っ込める。

季生は杏介の首もとに顔を近づけると、丹念に首回りを見る。

幾度となく互いの吐息が互いの耳元にかかる。

突然、杏介が季生の身体にふるい付く。

「……！」

杏介の思いがけない妄挙に、季生は絶句する。

毒牙にかかった獣のごとく、四肢が強ばり身動きが取れない季生。

杏介は両手で季生が着ているTシャツを遮二無二まさぐる。

季生の素肌に触れようとTシャツをたくし上げる杏介。

呆然とする季生。

不覚にも為すすべなく、杏介にされるがままに身を任せるより他ない。

硬直して動かない身体とは裏腹に、季生の心中は動揺し千々に乱れる。

戸惑い、疑念、憤怒、興奮、好奇、昂揚、官能、それに快感……あらゆる感情が交錯し、激しく脈打つ血潮となって怒濤のごとく全身を駆け巡る。

季生は紅潮し、ほてりを覚える。

杏介はさらに嘗めるような仕草で季生の胸に直に頬をすり寄せる。

早鐘を打つ季生の鼓動を貪り尽くさんと、杏介は季生の胸板にむしゃぶりつく。

杏介の唇が季生の胸をせり上がり、季生の唇に重なろうとしたその時、はたと季生は我に返る。

途端、まるで潮が引くかのごとく狂熱は瞬く間に冷めていく。

と同時に、身体も見えない束縛から解き放たれる。

季生は杏介の肢体を自分の身体から引き剝がす。

「よせ！」

杏介の瞳が閃く。

甘美な魅惑をたたえた瞳。

その濡れた煌めきに季生は吸い寄せられそうになる。

杏介は季生の隙を見透かしたのか、またしてもその色香で季生を絡め取ろうと妖しげに肢体をうねらせてすり寄る。

「やめないか！」

季生は杏介を突き放し、やにわに立ち上がる。

「これはいったい、何のまねだ？」

激情に駆られ、季生は声を荒らげる。

杏介は驚いて季生を見上げる。

「何なんだ？　低俗な娼婦のような真似事を。卑猥な恥知らず！」

季生は憤慨する。

この腹立たしさは杏介に対してというよりは、むしろ自分自身に向けられたものであった。

たかだか少年ひとりに翻弄された我が身が、季生には情けなかった。

あろうことか、ほんの刹那でも少年の誘惑によろめいてしまったことに、かつてない色香に迷いそうになったことに、肉欲に溺れそうになったことに、季生は狼狽の色を禁じ得ない。

季生はその場に杏介をひとり残し、立ち去ろうとする。

哀れな子犬のように季生の足に取りすがる杏介。

「もうその手には乗らない」

季生は杏介の掴む腕を足で以て振り払う。

杏介は必死に季生の足首にしがみつく。

「行かないで」

季生はかまわず杏介を引きずってでも行こうとする。それでも杏介は季生の足から上肢を離そうとしない。

季生は振り返り、杏介を見下ろす。

「お願いだから、ひとりにしないで」

杏介は季生の足首にすがりながら、むせび泣き始める。

「先生、ひとりで行かないで」

季生は杏介のそばにひざまずく。

「おれ、何でもするから」

杏介はその場でへたり込む。

「おれ、何でもするから」

杏介は何度もその言葉を繰り返す。

季生は杏介の頭を優しく撫でる。

「何にもしなくていいんだ」

杏介は季生に覆い被さるように抱きついて、堰を切って泣きじゃくる。

「おれには何の見返りもいらないから」

季生は杏介を抱きしめる。

「だから、こんなみっともないまね二度とするんじゃない」

杏介はおいおいと泣きながら大きくうなずく。

季生は杏介を抱え上げると、プレハブへ連れて帰る。

杏介は季生の胸に抱えられ、ただ泣きくずれていた。

＊　＊　＊

どのくらい時間が過ぎたであろうか。

すでに太陽は西に傾き始めている。

廃車場を取り囲む森林に、ひぐらしの声が鳴り響いている。吹き抜ける風は涼やかで、いよいよ秋を彷彿させる。

プレハブの中にも洗面所の窓辺を通して、ひぐらしの声とともに心地よい風が漂ってくる。

ベッドでは杏介が昏々と眠り込んでいた。

先ほどの一悶着の末、疲れ果ててしまったのであろう。

季生は興奮する杏介をなだめ、ようやくのことで寝かしつけたのだった。

深刻なダメージはないか、念のため杏介の身体全体をざっとチェックしてみる。

ところどころ浅い擦過傷はあるものの、幸い目立った外傷はなさそうである。

洗面台の窓に白猫のキティが座っている。

キティはすとんと床に降りると、とっととベッドの下へ滑り込む。

季生は杏介の寝顔を見つめていた。

こうして眺めている分には杏介は屈託のない少年である。今しがた季生に仕掛けてきた所業など想像すらつかない。

いったいこの少年に何があったというのだろう。

なぜあんなはしたない行為に及んだのか。

この年頃にありがちな粋がってぐれているだけの少年であれば、何か気に入らないことがあったところで、憎まれ口をたたいたり悪態をついたりするぐらいが関の山である。

要は親や大人の気を引きたくてわざと反抗的な態度を取る、といった具合に。

しかし、杏介のあの行為はその手の類いとは質的に異なる。

自虐的なまでに自身を貶めて……みっともないのを通り越して痛々しさすら覚える。

まるで媚びるかのように隷属的な振る舞い。いったいいつ身につけたのであろう。

やはり育ちのせいなのか。

杏介の過去を慮るにつれ、季生は空恐ろしくなる。

おそらくは幼児期に十分に世話をしてもらえず、ないがしろにされてきたのであろう。

その結果、心身が成長する重要な過程で徐々に人格がねじ曲げられ、あのように卑屈な態度をとるようになってしまったのであろうか。

杏介について分析するには、どうやらその生い立ちにまで立ち入っていく必要があるようだ。

季生は悟る。もはや手に負える範疇を超えていることを。

いつの間にか白猫のキティがベッドに上がり込み、杏介の脇で丸くなっている。

季生はスマートフォンを手に取る。

少々後ろめたさを感じつつも、泉の番号にダイヤルする。

精神科の専門医である泉なら助けになってくれるに違いない。

泉と最後に会話を交わしたのは三日ほど前。季生から別れ話を切り出したっきりである。

なんと軽はずみな言動をしたことかと、今さらながら季生は後悔する。

果たして泉は季生からの連絡に受話器を取ってくれるであろうか。そうしてくれたところで、いったい何から話を切り出せばいいのやら。

呼び出し音がしばらく続いた後、泉が電話口に出てくる。

『あら、珍しい。あなたの方から連絡くれるなんて。ちょうど電話しようと思ってたところ』

季生の懸念は杞憂であった。

泉はいつも通り明るく弾んだ調子で話しだす。まるで別れ話などなかったかのように。

あるいは泉一流の気遣いで、努めて何事もなかったかのように振る舞っているだけなのかもしれないが。

とにもかくにも泉の声を聞けて、季生は幾分ほっとする。

正直なところ、杏介と共同生活を始めて以来、季生は今までにない妙な感覚に苛まれていた。

曰く言いがたいが、敢えて言うなら、自分の性的衝動が惑わされているのではないかと、我が身を疑っているところがあった。

が、たった今泉と話をしたことで、季生の不安は払拭された。

季生は確信する。やはり自分には泉しかいないと。

『翔太から聞いてるわよ。男の子と一緒に暮らしてるんだって』

「まあね。甥っ子が上京してきてね」

『あら、天涯孤独の男に突然親戚現る。まるで映画のストーリーみたいね。面白い冗談だわ』

原田のやつ、断りもなく泉にぺらぺらしゃべりやがって……季生は呆れる。

『おまえのライバルかもしれないから用心した方がいいって、翔太は言ってたけど』

「それはないな」

季生は笑って答える。

『それはそうと、どうしたの？』

「その男の子のことで……実は今しがた近所の崖から転落してね。大事にはいたらなかったんだけど、念のために診てもらいたくて」

『だったら近所の病院に連れていった方がいいんじゃなくて？』

「まあ、そうなんだけど……実は怪我の心配だけじゃないんだ。なんだかこの少年、うちに転がり込んできて以来、様子が変なんだ。何て言うか……身体の方ではなくて頭の方というか心の方というか……記憶喪失なんじゃないかな。うちに来るまでの記憶がないんだ。名前も住んでるところも覚えてないようなんだ」

季生はこれまでの経緯や杏介についてわかったこと、本名は上村亮と言って児童養護施設に預けられた経験があることなどを泉にざっと説明する。

『わかったわ。そんなことなら今からでもそっちへ向かうけど、かまわない？』

「ああ。できるだけ早く来てくれると助かる」

ふと、ためらいがちに泉が切り出す。

『実は、わたしの方にもあなたに折り入って話したいことがあるの』

「何だい？」

『電話ではちょっと……ちゃんと面と向かって言いたいの』

「わかった。じゃ、待ってるから」

『うん』

季生は通話を切ってスマートフォンをテーブルに置き、ため息をついて杏介を見る。

杏介とキティはベッドで並んで丸くなって眠っている。

＊　＊　＊

黄昏時もとうに過ぎ、日もとっぷり暮れていた。

廃車場に車のエンジン音が近づいてきたかと思うと、プレハブ付近で止む。

どうやら泉が到着したらしい。

しばらくするとプレハブの扉が開いて泉が顔をのぞかせる。

「こんばんは、随分久しぶりのように感じる」

季生は泉を出迎える。

ほんの二、三日ほど会わなかっただけなのに、季生にも泉が言うよう一日千秋の気がした。

淡いピンクのワンピースに身を包んだ泉は、いつにも増して艶めいて見えた。

胸元で輝きを添えるのは、季生が初めて泉にプレゼントしたネックレス。特別な日に身につけるのらしいが、先ほど電話で折り入って話があると言っていたことに、関連があるのだろうか。

杏介はベッドに座り、キティを膝に抱いてくつろいでいた。が、泉を見るなり、杏介はにわかに警戒し身構える。

キティは杏介が緊張するのに勘づいたのか、すぐさま杏介の膝から下りてベッドの下に滑り込む。

「夕食は済ませたの？」

泉は尋ねる。

「済ませておいた。君に夕飯を作られる前にね」

「あら、それってどういう意味？　わたしの作った料理は食べられないってこと？」

「君の手を煩わせちゃ悪いかなって」

季生はいたずらっぽく微笑む。

「ひどいわ。でも、ちょうど良かった。はい、お土産」

泉は白い小さな箱を取り出す。

「食後のデザート」

箱からは甘い香りが漂ってくる。

泉もまた、杏介の緊張を感じ取っているようだった。

泉はベッドのそばに寄り、杏介に直接箱を手渡す。

箱を受け取るなり、がつがつと箱の中身をあらためる杏介。遠慮会釈もあったものではない。

中から手のひらほどもある大きなシュークリームを取り出すと、早速かぶりつく杏介。

さしもの泉も、そのさもしい有様に呆れる。

「食事の時は、いつもこうさ」

泉は杏介の横に座る。

「初めまして。わたしは和貴泉。ヨウスケくん、よね」

杏介はうなずく。

「季生の彼女」

杏介はそう言いながら、口いっぱいにシュークリームを頬張る。

「ええ。まあ、そうね」

泉はばつが悪そうに答える。

「キティの名付け親」

「あら、よく知ってるわね」

杏介はシュークリームひとつをぺろりと平らげる。

「よかったら、わたしの分ももうひとつどうぞ」

泉の勧めに杏介は遠慮なくうなずく。

「お茶でも入れよう」

季生はキッチンに向かい、お湯を沸かし始める。

キティがベッドの下から這い出してベッドにひょいと飛び乗ると、杏介と泉の間に割って入って香箱座りをする。

三人はお茶とデザートを愉しみ、しばし他愛のない会話を交わす。

打ち解けたところで、いよいよ本題に入る。

「杏介くん、わたしは医者なんだけど、あなたは今日崖から落ちて頭を打ったらしいわね。で、季生から念のために診てほしいと頼まれたの。診察してもいいかしら？」

杏介は軽くうなずく。

「それじゃ、季生ははずしてもらえる？」

「ああ、外で待ってる」

季生はテーブルから席を立つと、プレハブから出て行く。

キティも季生の後を追って表へ出て行く。

プレハブ内では静かに泉の問診が始まる。

洗面台に面した窓から中の様子をうかがい知ることができる。

泉は身体の具合に関して、杏介に一通り尋ねている。

杏介は泉の質問に素直に答えている。

季生は手持ち無沙汰で、夜の廃車場をぶらっと一巡りしてみることにする。

とはいえ、いざという時にはすぐに戻ってこられるよう、プレハブに目が届く範囲にとどめる。

今夜は頼りになるはずの月明かりがない。

季生が夜空を仰ぐと、上空は厚い雲で覆われて、月はおろか星すら見えない。

日中は雲ひとつなく晴れ上がっていたというのに、半日も経たないうちに今にも泣き出しそうな空模様である。

移ろいやすいもののたとえとして、万葉のいにしえより「男心と秋の空」と言うが、まったくよく詠ったものだと季生は呆れる。

季生の場合、浮気心はなかったものの、今の今まで何となく気持ちの定まらないまま、惰性で泉とつき合ってきたきらいがあった。

その点、泉は季生とは違って一度たりともぶれたことがない。ずっと一途に季生に向き合ってきてくれた。

その気になれば原田という手頃な相手がいるのだから、体よく乗り換えることだってできただろうに。

季生が関わった事件で未成年者によるバスジャックの際、高校生をひとり死なせてしまった時にも、その後失意のどん底に沈んでいた三ヶ月間も、泉はずっとそばにいて寄り添ってくれた。

ついこの間、季生は別れ話を切り出したばかりだというのに、今夜も季生の求めに応じ夜分にもかかわらず、泉は車を飛ばし駆けつけてくれた。

いつ何時も変わらぬ愛と献身。

今度こそ季生が応える番だ。

「そういえば、泉は話したいことがあると言ってたが何なのだろう？」

季生はひとりつぶやく。

と、夜空の彼方で遠雷が鳴る。いよいよ雨が降りだす気配である。

土の濡れた臭いが生暖かい風に乗って漂ってくる。

季生がプレハブに戻ろうと踵を返すと、途端、一筋の稲妻が天空を切り裂く。

次の瞬間だった。

雷鳴と思いきや。

凄まじい物音と悲鳴がプレハブの方から響く。

これは雷が落ちた音ではない。

プレハブで何か退っ引きならない事態が起きたらしい。

季生は慌てて取って返す。

季生が駆けつけると、中から杏介の叫び声、泉の悲鳴、食器や家具がぶつかり合う音が聞こえてくる。

季生は勢いよく扉を開けると突入する。

部屋では、テーブルは壁に追いやられ、椅子はひっくり返り、まるで台風に見舞われたかのような有様。

季生が散乱した調度をかき分けると、驚きの光景が目に飛び込んでくる。

呆気にとられる季生。

泉が床に仰向けに組み敷かれ、杏介がその上から馬乗りになって泉の喉元を肘で押さえ込んでいるではないか。

季生はすぐさま背後から杏介を羽交い締めにし、泉から引き離す。

杏介はめちゃくちゃに手足をばたつかせ、わけもわからずわめき散らす。

「先生、早く逃げるんだ！」

またしても、誰とも知らぬ『先生』という言葉を口走る杏介。

季生はあまりに激しく暴れる杏介の力の強さに圧倒される。

季生は杏介を摑んだまま、背中から背後に倒れ込む。

「畜生！　邪魔するな！　先生、今のうちに早く！」

杏介は季生の腹の上でもがき叫び続ける。

泉は激しく咳き込み、喉元を押さえながら自分のバッグのところへ膝行《いざ》っていく。

バッグを摑むと中身をひっくり返し、そこからペン型の注射薬を探り出すと、泉はもみ合っている季生と杏介のもとへ行き、大声で叫ぶ。

「季生、しっかり押さえてて」

季生は杏介の上体にしがみつくと床に組み伏せる。

季生が杏介の動きを封じた隙に、泉は手早く注射器を杏介の肢体に押し当てる。中身は即効性のある鎮静剤。

しばらくすると薬が効いてきたらしく、杏介は次第に動きが緩慢になり全身が弛緩し始める。

ばたつかせていた四肢の動きがようやく止まる。

「もう大丈夫よ」

泉は荒い息づかいで、季生の肩に触れる。

杏介がすっかりおとなしくなるのを見計らって、季生は慎重に杏介の束縛を解く。

驚きと緊張から解放される季生。途端、全身の力が抜けて床にへたり込む。

季生は呼吸が落ち着くとやおら立ち上がり、ぐったりしている杏介を抱え上げる。

泉がベッドを整え、季生がその上に杏介を寝かせる。

泉と季生は床に座り込み、ベッドを背にもたれかかる。

「患者が錯乱して手が付けられないなんてこと、よくあるの？」

季生は思わず泉に尋ねる。

「ままあることよ」

「君の仕事も結構命がけだね」

「まあね」

季生が泉の顔をのぞき込む。

「額から血が出てる」

「どこかでぶつけたのね」

泉が傷口に手をやろうとすると、季生がその手を押さえる。

「触っちゃだめだ」

季生はキッチンへ行って新しいタオルをおろすと、水道水に浸して泉のもとに戻ってくる。

「じっとしてて」

季生は泉の額の傷口を丁寧に拭う。

「杏介のやつ、何てことを……ひどいな。何でこんなことに？」

「わたしが悪いの。うかつだったわ」

と、にわかに大粒の雨がプレハブの屋根を叩く。窓の外では稲妻が閃く。

「で、君の見立ては？」

季生は尋ねる。

「杏介くんは少なくとも記憶喪失ではない」

「どうして？　自分の名前すら覚えていないのに」

「その点についても怪しいところよ。本当に覚えていないのかどうだか」

泉は診断について説明する。

「確かに、何らかの大きなショックを受けたせいで記憶に混乱が生じたり、感情がコントロールできず異常に興奮したりしているのかもしれない。だとすれは、記憶喪失よりもストレス障害の可能性を疑うわね。とにかく絶対に記憶喪失ではない。それだけは断言できる」

「どうして？」

「なぜなら、この子はわたしのことを覚えていたからよ」

泉の衝撃の発言に季生は愕然とする。

「どういうこと？」

「ついこの間、勤務先の病院で奇妙なことがあった、って話をしたでしょ」

そういえば泉がそんな話をしていたことを季生は思い返す。

数日前、身元不明の中年男性が、満身創痍で泉が勤務する基幹病院の前に置き去りにされていたところを収容された。それが突如、十六、七歳くらいの少年によって、その患者は病院から無断で連れ去られた。

「ここに着いて杏介くんを目にした時には気づかなかった。でも、話をしていくうちに、この子とは初対面じゃない、以前どこかで見かけたことがあるんじゃないかって……で、診察の最中にはたと思い出したの。あの時病院の廊下ですれ違った、車いすを押して患者さんを連れ出そうとしていた男の子。危うく突き飛ばされかけたんだけど。あの時あの子はフードを目深に被っていたせいもあって、すぐには思い出せなかった。でも、あれは間違いなく杏介くんだった」

「そのことを杏介に？」

「ええ。それとなく誘導して。病院での出来事に触れた途端、杏介くんの顔色が変わった。で、病院の廊下ですれ違った場面にきたところで、まるで別人に豹変したかのように突然襲いかかってきて……そこからは見てのとおり」

季生と泉は荒れ放題になった部屋を見渡す。

「杏介くんがわたしと対面した時にすでに、病院ですれ違った医師がわたしだったと気づいていたのか、それとも問診の最中、病院での一場面を話したことによって思い出したのか、その点についてては本人に直接尋ねてみないことにはわからないけれど」

「もしかすると、君が問診したことによって、すべての記憶が一気によみがえったとか」

季生は泉の失笑を買う。

「そんな、テレビドラマじゃあるまいし。記憶喪失は一過性のものにせよ慢性のものにせよ、脳機能の障害にせよ解離性健忘症にせよ、大概の場合徐々に改善していくもので、急に全部が元通り、なんてことはまず考えにくいわね」

泉は立ち上がるとベッドに寝ている杏介を見下ろす。

「それはそうと、これを見て」

泉に促され、季生も立ち上がってベッドをのぞき込む。

泉は杏介が着用しているTシャツの裾をそっとめくり腹部を指さす。

「この傷跡。これはかなり古いものよ。おそらくタバコの火を押し当てられた跡。他にもこれ」

泉は杏介の二の腕やふくらはぎを季生に見せる。よく見ると、先ほどの崖からの転落によって受けた擦過傷に混じって、身体のあちこちに痛々しい傷跡が見つかる。

「目につくだけでもこんなに。この分だと幼い頃から絶え間なく虐待を受けていたんでしょう」

医師としての泉の観察眼は鋭かった。季生も杏介の全身を観察していたつもりでいたが、生傷に気を取られ、古傷にまでは目が行かなかった。

雨脚はますます激しくなる。洗面台の窓から雨が降り込んでくる。

「これはかなり根深い問題よ。あなたが考えるみたいに、事故か何かで頭を強打して一時的に記憶喪失に陥った、なんて状況ではない。はっきり言って、とてもあなたの手には負えるものではない」

季生は窓を閉める。

「わかってるさ。でも、今こうして預かってる以上、おれにもできることはあるはず。現にこうしてちゃんと面倒見てきた」

「あなたはもう十分にこの子のために手を尽くした。ここから先は専門医の治療を受けさせないと。できれば今すぐにでも」

季生にだって、杏介の置かれている状態が尋常ではないことくらいは理解できる。だからこそ泉に診察を依頼したのだ。

とはいえ、泉にことの重大さを如実に指摘されたところで、なんだか解せない。

「そんなこととして何になる？　杏介を病院に閉じ込めて良くなるって保証はあるのか？」

ことのほかむきになる季生に、泉は面食らう。

「じゃ、あなたに何ができるって言うの？　心的外傷後ストレス障害かもしれないし、もしかすると統合失調症の可能性だってある。これは深刻な精神疾患よ。これ以上放置はできない」

季生は思わず声を荒らげる。

「だったら何だ！　まるで見下したように。勝手に決めつけるな。親がいないからって、施設に入れられたからって、精神的に問題があるんじゃないかって勘ぐって。やれトラウマやら何やらと知ったような口を……」

季生は頭をかきむしる。

「何もあなたのことを言ってるわけじゃない。あなたのこと責めてるわけでもない。まさか……」

泉は努めて穏やかに切り出す。

「あの事件のこと、あのバスジャックのこと。あの時亡くなった高校生。杏介くんをその代わりに考えているのでは……」

泉に核心を突かれ、季生は頭に血が上る。

「あれはどうしようもなかったのよ。事故だったの。あなたのせいじゃない」

「君に何がわかるんだ？　その場に居合わせたわけでもないのに」

季生は思わず泉の肩に摑みかかる。

「そうよ、わからないわ。事件のことも、あなたのことも、何にも」

泉はまっすぐに季生を見つめる。その瞳は潤んでいる。

季生ははっとして、泉の肩から手を離す。

「あなたのことがわからない」

涙声の泉。

季生はとつとつと吐露する。

「あの事件が頭から離れない。あの場面が、バスが燃え上がる瞬間がよみがえってくる。あの時ああすれば良かった、こうすれば良かったと……頭の中で何度も何度も繰り返し繰り返しやり直してみる。けど、はたと我に返ってみると、現実は何も変わってない。もう、取り返しがつかないってことを思い知らされるだけなんだ」

「いいのよ。もう、いいの。自分を責めないで」

泉はそっと季生の手を取る。

「あなたはあなた。杏介くんは杏介くんなの。誰も誰かの身代わりになんてなれない」

季生はベッドから目を背ける。

たとえ、身も心も傷つき、ベッドに横たわる少年を視界から消し去ろうとも、少年がその身に負っている受難を消し去ることはできない。

それと同様に、季生が自らの身に負う罪悪感を消し去ることはできない。

「この子には助けが必要なの。心が壊れかけてる」

泉は季生の手を離す。

泉は部屋の隅に追いやられたテーブルを元の位置に戻し、椅子を起こすと、季生を座らせる。

季生は椅子に腰掛けると、ぐったりとうなだれる。

「ごめんなさい。わたし、言いすぎたわ」

泉は涙がこぼれるのを季生に悟られないよう、床に散らかった自分の持ち物をバッグにしまい始める。

「わたしね、きっとやきもちやいているのね。杏介くんに。だって、わたし、三ヶ月かけても元通りのあなたを取り戻せなかった。なのに、杏介くんときたらたった三日であなたに生きる活力を取り戻させたんだから……なんだか悔しくて」

何かを吹っ切るかのように、朗らかな声で話す泉。

「わたし、間違ってた。あなたに必要だったのは、癒やしでも同情でもなかった。あなたはいつだって人のためになりたい人。人のために何かしてあげたい人。あなたにとって本当に必要なのは使命感だったのね」

泉はバッグを拾い上げると立ち上がる。

「あなたは根っからの正義の味方。ぺっかぺかのスーパーヒーローよ。ね、おまわりさん」

泉は季生の方を振り返ると微笑む。

その笑顔が季生には悲しげに映る。

「心配かけてごめん」

季生は申し訳なさげに微笑み返す。

泉はベッドで眠る杏介の様子をうかがう。

「考えたんだけど、杏介くんのこと、しばらく季生のところで面倒見てもらえるかしら？もちろん、わたしの方でこの子に最適な治療先を必ず探すんだけど、それまでの間、この子に愛情を注いであげられるのは季生しかいないでしょうから。この子にとって一番いい居場所は今のところ、ここしかないと思う」

「わかった。任せて」

季生は快く引き受ける。

泉はバッグからいくつか内用液のアンプルを取り出す。

「たぶん大丈夫だとは思うんだけど、一応念のために。もしも目覚めてからも興奮状態が続くようなら、これを頓服で飲ませてあげて」

泉は季生に薬を手渡す。

「それと、もしもできるようなら、季生の方から直接杏介くんに事情を尋ねてみたらどうかしら。杏介くん、季生にだけは心を開いているようだし。名前や身元の他にもわかることがあるかも。たとえば、どうやってこんな山奥の廃車場にたどり着いたのかとか」

泉は扉の方へ向かおうとする。

「さてと……今夜はもう帰るわ」

「まだ雨も降っていることだし、泊まっていけば」

季生が引き留める。

「明日は当直だし。それに、あの子が目覚めた時にわたしはいない方がいいと思う。わたしを見て、また興奮しないとも限らないから」

泉が扉の取っ手に手をかけたところで、季生が泉の肩に手を伸ばす。

「あの、この間の別れ話のことなんだけど、あれはなかったことに……」

泉が振り返る。

季生は苦笑いを浮かべる。

「こうなることは、はなからわかってた」

泉はしたり顔で季生を見返す。が、すぐに向き直ると、雨の中を車まで走っていこうとする。

泉は扉から表へ出て行く。

「車まで送るよ」

扉のそばに立てかけてあった傘を携え、季生が後に続く。

季生は泉に傘を差し掛ける。

通り雨だったのであろう。先ほどまであれほど激しかった雨脚が嘘のように、今は小止みになっている。

申し訳程度に雨を防ぐだけのボロのビニール傘に、ふたり肩寄せ合って泉の車へと向かう。

どこからともなく白猫のキティが現れて、ふたりの足下にまとわりつく。

車に着いたところで、泉が運転席のドアを開ける。

キティが車に乗り込もうとするのを、泉が抱き上げる。

「おまえはここに残るのよ。ちゃんと季生と杏介くんの面倒を見てあげてね」

泉はキティを季生に手渡す。

「あ、そうだ。折り入って話があるって、電話で言ってたろう。それって何？」

季生は思い出して泉に尋ねる。

「ああ……その件はまた今度。落ち着いたらゆっくり」

季生はうなずく。

泉は車に乗り込みドアを閉める。

ウインドー越しに季生に話しかける泉。

「覚えていてくれて、ありがとう」

泉の声は雨音にかき消される。

「ええ？　何か言った？」

季生は大声で聞き返す。

泉は首を横に振り、ゆっくりと車を発進させた。

車が見えなくなるまで、季生はその場で佇んでいた。

＊　　＊　　＊

季生はふと目を覚ます。

時刻はもう明け方近くになっていた。

帰宅する泉を見送って、散らかった部屋を片付けて……それからずっと杏介に付き添っていた。

季生はいつの間にかベッドの縁にもたれかかってうとうとし、そのまま眠りこけてしまっていたらしい。

季生は軽く顔をこすり、腰を床からずらそうと身じろぎする。

ベッドから杏介の喚き疲れて嗄れた声がする。

「あの人は？」

「泉なら帰ったよ」

季生が返事をする。

ベッドの上からすっと手が伸びてくる。

杏介の手が季生の肩に触れる。

季生が振り返る。

「隣に行ってもいい？」

「ああ」

杏介はベッドからするりと滑り下りると、季生と同じ格好でベッドの縁に背中を当ててもたれかかる。

ふたりは洗面台の窓を見上げる。

先ほどまで降り残っていた雨はすっかり上がっていた。

暁の空が次第に白んでいくのを、ふたりはしばらくぼんやりと眺めていた。

「なあ、警官がこんな辺鄙な山の中で隠遁生活を送っているなんて、変だと思わないか？」

と、季生が話しかけると、杏介は軽くうなずく。

「だよな。テレビドラマに出てくる刑事なら、さっそうと犯人を逮捕して事件を解決してるもんな」

杏介は黙って聞いている。

「でも、実際にはそううまくはいかない。おまえは知っているかどうか、覚えているかどうか……三ヶ月ほど前バスジャックがあってな、おれはその事件を担当してた」

「犯人が死んだ」

「そうだ。ちょうどおまえと似たような年頃の少年だった。おれがほんのちょっと判断ミスをしたせいで、その少年を死なせてしまった。おれがもう少し早くバスに踏み込むよう指示していれば、こんな結末にはならなかったんじゃないかって……自責の念に駆られ、いたたまれなくなって。で、逃げるように人里離れた山奥に引きこもっているってわけさ」

「犯人は勝手に死んだんだ」

杏介はいともあっさりと言い放つ。

「おまえはわかりやすくていいな」

季生は微笑む。

「こんなおれを気遣って、泉は暇さえあれば車を飛ばしてやって来ちゃ、不味い飯を作ってくれたりしてな。なのにおれは、そんな泉の親切を煙たいと……今風に言えばうざいって言うのかな」

「そんなに飯が不味いの？」

杏介の言葉に季生は苦笑する。

「とにかく、おれは大切な人に心配をかけたばかりでなく、傷つけることさえしていた。しかも、おれはそのことに気づきもしなかった。自分のことだけで頭がいっぱいだったんだな。そこへおまえが現れた」

杏介は季生の方を見る。

「そりゃ驚いたよ。人に出会うことさえめったにない廃車場に、いきなり見知らぬ少年が飛び込んできたんだからな。わけもわからないまま、ただただ必死さ」

季生は戯れに杏介の前髪をもじゃもじゃと撫でる。

「けど、知らず知らずのうちにおまえを……事件で死なせてしまった少年と重ね合わせていた。おまえを助けることで亡くなった少年への償いになるんじゃないかって……そんなことできるわけないよな。とんだ勘違いさ。おれの勝手な独り善がりだな。結局誰も誰かの身代わりになんかなれない。さっきそのことを泉にたしなめられた」

季生の言葉に杏介はうなずく。

「そうさ。おれは犯人の少年じゃない。だからそいつの代わりにはなれない」

「そうだな。すまない」

季生の詫びの言葉に杏介は戸惑う。

ふたりは黙り込み、またぼんやりと窓の外を眺める。

季生は徐に語り始める。

「前にも話したかもしれないが、おれも一時児童養護施設で世話になってた。両親を早くに亡くしてな。おれの両親は交通事故で亡くなった。表向きにはそういうことになっている。だが、おれにはわかってる。あれは事故死なんかじゃない。心中だったんだ」

季生は話を続ける。

「おれの家は中小零細の下請けの町工場だった。当時不況のあおりを受けて経営は火の車。で、いわゆるヤミ金融に手を出した。それが運の尽きだった。あっという間に借金が膨らんで……やつらの取り立てときたら、もう地獄だった。ある朝、両親はおれを学校に送り出すと、ふたり連れだって出かけた。二度と帰らぬドライブにな」

季生は大きく息をつく。

「その後、おれは両親の交通事故の捜査で世話になった警官の家に引き取られた。おれはついてた。立石さん夫婦はそりゃ、おれを大事にしてくれた。実は、立石夫妻は乳幼児突然死症候群で赤ん坊を亡くしていた。生きていればおれと同じ年頃だったらしい。立石の母さんはおれを目一杯甘やかした。父さんは息子だったら将来は警官にするという夢をおれに託した。おれはふたりの期待に応えたくて精一杯やってきた」

季生は微笑む。

杏介は不思議そうに季生の横顔を見つめる。

「けどな、三人とも暗黙のうちにわかっていた。所詮互いに互いの身代わりにはなれないってことを。そうさ。誰も誰かに取って代わるなんてことはできない」

季生は杏介の方を見る。

「おれも先生にはなれない。おまえの言う先生の代わりにはな」

しばしの沈黙の後、杏介が尋ねる。

「どうして立石さんのところに帰らないの？」

「そうだな……そう言われてみれば、バスジャック事件以来うちには帰っていない」

季生は少し考えて答える。

「あの事件で不始末をしでかして、立石の父さんには合わせる顔がない。父さんは今はもう退職したが、昔はそりゃもう立派な警官だった。同僚や部下、後輩からも、いしさんって慕われてね。そんな父さんの顔に泥を塗る羽目になったんだから……」

ふたりの間に再び沈黙が流れる。

ふたりは洗面台の窓を通して夜明け前の空を見上げる。

「おれの話はこれですべてだ」

季生は思いきって杏介に切り出す。

「なあ、もういいだろ。記憶喪失の振りはやめにしても」

杏介はぎくりとする。

季生は杏介がまごつくのを気づかない振りをして尋ねる。

「次はおまえのことを聞かせてくれないか。どうやってこの廃車場までたどり着いたのか」

杏介は何か言おうとしては息を継ぐ。が、ためらって口ごもる。

何度かそんな仕草を繰り返した挙げ句、杏介はついに意を決する。

「おれの名前は上村亮。年は十七歳」

杏介はとつとつと語り始める。

＊　＊　＊

上村亮が生まれ育ったのは下町。日雇い労働者や失業者、低所得者がひしめき合って暮らす、俗にスラムと呼ばれる貧困地区である。

身近に頼れる親類縁者もなく、父親が家を出て行ってからは、文字通り母ひとり子ひとり、小さな安アパートで肩寄せ合って暮らしていた。

父親の名は上村敏夫。母親の名は上村君子。敏夫は日雇いを世過ぎとしていたもののほとんど仕事はなく、家で自堕落に過ごし、妻の君子から金をせびってはパチンコ通いの毎日。飲んだくれては家で暴れて、君子と亮に乱暴していた。

一方君子は、昼間は近所の量販店でパートタイムとしてレジ打ちをし、夜は場末のスナックでホステスをして生活を支えていた。

まだ幼い亮を抱え、君子が二つの仕事を掛け持ちし稼いだなけなしの金も、ほとんど敏夫のパチンコ代と飲み代に消え、家計は常に火の車であった。

君子は、高校を中退し単身上京してきた身であった。

もともとは片田舎の漁師町の出で、地元では町一番の美人で通っていた。

が、どこか浮ついたところがあって、良からぬ連中とつるんでは狼藉を働き、札付きの悪と地元ではもっぱらの評判であった。

十代の少女なら誰しも一度は夢見ることではあろうが、君子もご多分に漏れずテレビに映るアイドルグループに憧れていた。そして、いつの日か自分もこんなしけた田舎町から抜け出し上京して、アイドルグループの一員になって有名になるんだと。

そこへ都会から、大手芸能プロダクションのスカウトと称する男が現れる。

男は、君子のことを美人だのスターになる才能があるだのとおだて褒めそやした。

他人から褒められた経験のない君子は、すっかりその気にさせられた。

男は、自分の言うとおりにすれば有名アイドルグループの仲間入りも夢ではないと、君子を言葉巧みに丸め込んだ。

のぼせ上がった君子は、男に命じられるままに実家にあった現金や預金通帳など有り金すべてを持ち出して、男について都会へと出奔した。

結局、男の話は真っ赤な嘘だとわかる。

君子が騙されたのだと気づいた時にはすでに遅し。君子は持ち出した金をすっかり巻き上げられた挙げ句、たったひとり大都会のど真ん中に放り出されたのだ。

身寄りもなく金もなく学もない君子には、定職に就くことはおろか、住むところを見つけることさえ至難の業。日々の食事にすら事欠く始末であった。

生活の糧を得るために、君子はなりふり構わずあらゆる手立てを講じた。キャバクラ嬢、ソープ嬢、時には法定すれすれのいかがわしい商売にまで手を染めた。

こうしてその日一日をどうにかこうにか食いつないでいた。

そんな折り、君子は上村敏夫に出会った。

当時、敏夫には日雇いの仕事がそこそこあって、暮らしを立てていくほどの実入りは十分に確保できていた。それに何より定住先があった。

君子は敏夫がひとり暮らす安アパートに体よく転がり込んだ。

同棲を始めて間もなく、君子は亮を身ごもる。

君子の妊娠をきっかけに、ふたりは正式に籍を入れ夫婦となる。

やがて亮が誕生し、しばらくはつましいながらも平穏な日々を送っていた。

が、折からの不況のあおりを受け、敏夫の仕事はめっきり少なくなった。

仕事が減るのに反比例して敏夫の酒の量は増えていき、ついにはほぼ毎日酒浸りとなった。

とどのつまり、君子は家計をやりくりするために再び働きに出る羽目になった。

乳呑み児を抱えたうえ大酒飲みまで加わり、二重苦三重苦となって君子にのしかかった。

生活が苦しくなるにつれ夫婦仲も険悪になっていった。喧嘩も絶えなかった。

君子は敏夫を捕まえては穀潰しとののしった。

敏夫は酒の勢いもあって、君子ばかりでなく幼い亮にまで手を上げる始末であった。

そんなある日、敏夫がふらりと家を出て行って、それっきり姿を消した。

君子が敏夫を家からたたき出したのか、敏夫が嫌気がさしたのか、またはその両方か……本当のところは亮にはわからない。

ただひとつ言えることは、幼い時分の父親の記憶はおぼろげにしか残っていないということ。

敏夫が家を出て行ったのを機に、君子は一念発起し亮を連れて実家に戻る決心をする。

五つになる亮の手を引き、君子は生まれ育った漁師町に降り立った。

君子の実家のある片田舎の漁港。

亮にとって初めて見る海であった。

風薫る初夏の日差しに、きらきらと乱反射する水面。その風景の美しさときたらあまりに鮮烈で、これほどの景色にはめったに出会えないであろうと、亮は幼心にそう感じた。あの時の印象は今でも鮮明に亮の脳裏によみがえる。

しかし、海辺の柔らかな陽光とは裏腹に、実家の親族たちは君子たちに対し実に冷ややかであった。

君子は幼子の手を引いていれば、不憫に思われ、同情を買えるものと高をくくっていた。

君子の考えが甘かった。

君子がしでかした仕打ちを思えば、親族たちの反応は当然と言えば当然である。実家の有り金全部を持ち出し行方をくらました挙げ句、何年も音沙汰なし。実家にとって君子は、戻ってほしくない存在だった。

それが今さらこぶ付きで舞い戻ってきたところで、親族たちからすればほとほと呆れた鉄面皮である。到底受け入れられるはずもなかった。

よくも臆面もなく実家の敷居をまたげたものだ。尾羽打ち枯らしたところで自業自得だとけんもほろろに突っぱねられた。

君子は亮を連れて、もとの下町の掃きだめへと帰るより他なかった。

都会の生活に戻ってからの君子はにわかに荒れ始めた。

アパートの部屋は荒れ放題。亮の世話さえ怠るようになり、いわゆるネグレクトの状態に陥っていた。

それどころか、亮の存在を疎ましく感じ、邪険に扱った。それは次第にエスカレートし、血豆ができるほどつねったり青あざが残るほど撲ったりタバコの火を押しつけたりと、ついには虐待といえるレベルにまで至った。

君子は肌寂しさを紛らわそうとしたのか、勤め先のスナックで知り合った男を見繕っては取っ替え引っ替えアパートに引っ張り込んだ。そのたびに亮は食事も与えられず、押し入れやユニットバスに何時間も閉じ込められた。

男たちはいずれ劣らぬろくでなしで、君子のひもになりさがり、君子を食い物にした。

そうとわかっていながらも、君子はつかの間の安らぎを得るために男たちに貢ぎ続けた。

君子はますます困窮し、生活は荒れていく一方であった。

それでも男がいる間はまだましな方である。男が去った後の君子ときたら手のつけようがなかった。

どうしようもない我が身の性分に君子は苛立ち、それによって生じた負の感情の矛先は、すべて亮の一身に向けられることとなった。

ちっぽけな安アパートの閉ざされた一室、相半ばする愛憎。逃げ道のない母子。他に捌け口もなく、行き場を失った不満や怒りが部屋中に充満し、張り詰め、今にもはち切れそうだった。

そんな泥沼の緊張状態に亮は何年もさらされていた。

十歳になった時、亮に転機は訪れた。

それは青天の霹靂であった。

君子が男とともに家を出て行った。それっきり二度と姿を見ることはなかった。

ゴミ溜めと化したアパートにひとり残された亮。

正直なところ、母親の君子とふたりっきりでこもっているよりは、気楽であったが。

最初の二、三日、亮は水屋や冷蔵庫に残された食料を食い尽くすことで空きっ腹を満たした。この時分はまだ、ちょっと家を空けたくらいで君子は今にも戻って来るに違いない、と亮は軽く考えていた。

が、君子は帰らなかった。

亮は部屋中を引っかき回して小銭をかき集めた。近所のディスカウントスーパーに出向き、インスタント食品やスナック菓子を買い込んだ。それで二、三週間は食いつなぐことができた。

それでも君子が一向に戻る気配はなかった。

亮は夜中にアパートを抜け出し、歓楽街をうろついた。そこでホームレスに混じりファーストフード店の廃棄食品や飲食店で出された残飯をあさった。そうして二、三ヶ月飢えをしのいだ。

いよいよ君子が行方をくらましたことに疑いの余地はなくなった。

亮がひとりっきりで取り残されていることが発覚したのは、君子失踪から数ヶ月経てのことであった。

アパートの大家が滞納している家賃の支払い催促に訪れた際、明かりもつけず薄暗い部屋の片隅で小さくうずくまる亮を発見したのだ。

大家からの通報を受け警察が駆けつけ、亮は児童福祉司によって保護された。

警察は直ちに君子の行方を追った。が、君子の足取りは摑めなかった。

数年前に家を出て行った父親敏夫の消息を尋ねるも、敏夫の行方もわからずじまい。

亮は両親の他に身内の当てはないかと聞かれた。

すぐさま、かつて君子とともに訪れた漁師町に暮らす君子の親戚のことが亮の脳裏をよぎった。

が、君子の実家へ訪れた際に素気なく追い返されたのを思うにつけ、親戚について口にするのははばかられた。

結局、亮は児童養護施設である「風の子学園」に入所することとなった。

亮が園長先生に出会ったのは風の子学園にやって来た初日。初対面の印象は、随分地味なおばさんだということ。

風の子学園での生活は、亮には多少窮屈であった。

起床から食事、入浴など就寝まで事細かく時間が決められ、管理されている上、身の回りの整理整頓、食事のマナーにうるさく、掃除、洗濯、食器洗いの手伝いなど面倒な規則で縛られている。

馴染みのない人々、慣れない集団生活に当初は戸惑いを覚えたが、ここにいる限り少なくとも温かい食事と寝床が確保されていることなどを考え合わせると、不自由や不都合を差し引いても概ね快適な暮らしであった。

施設の職員や入所している他の子供たちとの団らん。盆や正月、クリスマス、節分など四季折々の催し。風の子学園に来て、亮は十歳にして初めて家庭らしい生活を手にした。

皮肉にも、両親と生き別れるという不幸を被ることによって得た心の平安だった。

初めて小学校にも通った。

母親の君子は我が子の義務教育の事情などまるで頓着していなかった。

ゆえに亮は勉強するという概念すら持ち合わせていなかった。

もちろん、いきなり小学四年生の学級に合流したところでついていけるわけもなかった。そこで特別学級で小学一年からの教育を受けることとなった。

園長先生も亮につきっきりで勉強を教えてくれた。

園長先生は、亮が嘗めさせられた艱難辛苦をことのほか深く慮り、亮には殊に目を掛け、世話を焼いた。学校の勉強ばかりでなく、箸の持ち方から口の利き方、友人とのつき合い方と、処世の機微を細やかに手ほどきしていった。

こうして小学校を卒業する頃までに、亮は野生児から年相応の男児に生まれ変わっていた。まさしく生まれ直したと言っても過言ではなかった。

身体面での改善はめざましかった。

清潔な住まいと行き届いた栄養状態のおかげで、土気色だった頬はばら色へと変わり、見るからに貧弱で年齢の平均よりもかなり小さかった筋骨も標準値にまで達していた。

どうにか中学進学を果たした亮であったが、通っていた小学校区とは重ならないまったく別の校区の中学校へ通うこととなった。

と言うのも、小学校時分には同学年の生徒とは体格や学力の面で大きく水をあけられていたことから、その時の人間関係を引きずらないようにと、老婆心ながら学園側が配慮してのことであった。

かくして亮は、亮のこれまでの経緯を知らない新天地で再出発することとなった。

ごくごく平凡な中学生。亮は望んで止まなかったポジションを得た。

中学生になってからの亮は、萌え出でる若木のごとく生命力に充ち、少年らしい輝きを増してきた。

母親譲りの類いまれなる美貌に愁いを帯びた瞳。さらに身長が伸びたことも相まって、亮は同級生の女子たちから憧れの的となっていた。

バレンタインデーともなれば、風の子学園に山のようにチョコレートを抱えて帰ってきて、施設の職員たちを驚かせた。もらったチョコレートはすべて分け与え、年下の子供たちを喜ばせた。

亮の成長ぶりに園長先生は目を細めた。

ようやく過去との因果を断ち切り、人生が上向き始めたかと思われた。

その矢先、宿世の罪障とでもいうべきか、またしても亮の行く手に過去が暗い影を落とすのであった。魔の手が忍び寄り、亮をあの悲惨な泥沼へ引きずり戻そうと虎視眈々と機をうかがっていたのである。
そして、それは何の前触れもなく訪れた。
亮が中学二年生、十四歳になったばかりの夏休みのことだった。
上村敏夫を名乗る男が、風の子学園にひょっこり姿を現したのだ。
——自分のこれまでを語っていた杏介は、そこで不意に言葉をとめる。
静寂に包まれるプレハブ。
杏介はか細い声で尋ねる。
「これから話すこと、怒らないで聞いてくれる？」
杏介の思いがけない言葉に季生は多少当惑しながらも、微笑んでうなずく。
「約束する」
杏介は季生の目の前に小指を差し出す。
季生は杏介の小指に自分の小指を絡める。
杏介は再び語り始める。

＊　　　＊　　　＊

それは亮が中学二年生の夏休み、昼下がりのことだった。

日課の昼寝から目覚めた幼児たちが、学園の門の外に見知らぬ男がうろついていると、園長先生に知らせに来た。

不審者を疑って、園長先生は男性職員を率いて門へと向かう。

見るからに風体もみすぼらしく、どことなくおどおどと落ち着きのない、いかにも挙動不審の男が、くわえタバコで門の前を行ったり来たりしては、園内をちらちらとうかがっている。

ポイ捨てされたタバコの吸い殻がここそこに散らかっているのを見ると、かなり前からここでこうしているらしい。

「わたしはこの学園の責任者ですが、ご用の向きは？」

園長先生は門格子越しに男に声を掛ける。

男は貧相な肢体をびくつかせ、吸いかけのタバコを投げ捨てると門の方を振り返る。

「その……おれは上村敏夫っていうんだけど、こちらにおれの息子……上村亮がいるって聞いてきたもんで」

「上村くんのお父さん？」

あまりに寝耳に水の話に、狼狽の色を隠せない園長先生。

ともかく、詳しい事情を聞くために、亮の父敏夫を名乗る男を事務所に案内する。

男が言うには、亮がまだ幼かった頃に家を出て、町からも離れていたのだが、かれこれ十年ぶりに町に戻ってきたそうだ。

男がかつて一家で暮らしていたアパートを訪ねたところ、部屋はすでに別の住人が借りていた。

アパートの大家に尋ねると、四年ほど前に君子は亮を残し、行きずりの男と駆け落ち。亮は風の子学園に預けられていると告げられた。

そこでここへ訪ねてきた、とのことだった。

「とにかく、息子に会わせてくれ」

男は苛立ち園長先生に詰め寄る。

男のごり押しな態度に園長先生は困惑するも、亮を事務所に呼ぶことにする。

男は立ち上がって亮を迎え入れる。

亮は父と対面する。亮は、おぼろげながら残っている幼き日々の記憶の中の父の面影と照らし合わせてみる。

亮の記憶が正しければ、目の前の男は確かに父親の敏夫に違いない。

月並みながら、生き別れになっていた親子が十年の時を経て感動の再会を果たしたのであるから、お決まりのシーンにお涙ちょうだいと言いたいところである。

が、亮には目の前にいるこの男に対し、親子の情愛なるものなど微塵も込み上げてこなかった。物心つく前に別れたきりであるから、愛着を感じないのも無理からぬことだった。

「随分大きくなって……」

敏夫はことさら感慨深げに亮に歩み寄って、肩に腕を回そうとする。

敏夫の妙になれなれしい態度に空々しさを覚えた亮は、その腕をさりげなくもよそよそしくかわす。

父親であることを顕示したい気持ちはわからないではないが、長い年月を経てすっかり冷え切った親子関係を修復するのは一朝一夕にはかなわぬこと。じっくり腰を据えて事に当たるべきだと、園長先生は敏夫を諭す。

にもかかわらず、敏夫は今すぐにも亮を風の子学園から引き取りたいと要求してきた。実の親の要求なのだから、聞き入れられて当然であるとでも言わんばかりに、亮を連れて帰るの一点張りの敏夫。

園長先生の忠告などまるで耳に入らないのか、まるでゼンマイ仕掛けのオルゴールのごとく単調に同じ主張を繰り返し続ける敏夫に、園長先生は違和感を覚える。

というのも、敏夫の態度ときたら、ようやく再会のかなった我が子と生活をともにしたい、と切に願うあまりのやむにやまれぬ親心に発露するものではないように感じられるからだ。

まるで亮をここから連れ出すことのみを目的としているかのような、敏夫からはそんな印象を受けた。

長年の経験から、亮を敏夫に託すのは得策ではないと、園長先生は直感する。

そこで、あれやこれやと条件をつけてできる限り必要手続きを引き延ばして時間稼ぎをはかり、その間に亮の学園残留に向け八方手を尽くした。

とはいえ、学園側としては亮を引き留めるいわれはない。

元来子供というものは実の親と一緒にいることを以て最良という、聞こえは良いが惰性とも言うべき慣例に則り、亮は親元へと帰されることとなった。

残る手立てがあるとすれば、中学校区や教育課程の継続などといったことを理由に、亮と風の子学園とのつながりを断ち切らないよう、敏夫に言い含めることくらいであった。

無論、敏夫が亮の学校の事情に頓着するとは到底思えない。期待するだけ無駄だった。

夏休み終了を目の前に、学園の子供たちが宿題に追われる中、亮はひとり身辺整理に追われていた。

新学期を迎えることなく、わずかばかりの持参品を小さなナップザックに詰め込むと、亮は風の子学園を後にする。

本来であれば新たなる門出を祝ってやりたいところであるが、亮の行く末を慮ると手放しで喜ぶなどできるはずもなかった。

亮の背中を見送る園長先生。


風の子学園の門を出て一区画も歩かないうちに、敏夫が亮に告げる。

「ある人からおまえを連れてくるように頼まれてな。今から待ち合わせ場所に行って、その人に会う」

敏夫は亮を連れて最寄りの駅へと向かう。

亮はてっきり父とふたりで暮らす新居に行くものだとばかり思っていた。そこへ、見ず知らずの人物に引き合わせると言われたものだから、拍子抜けしてしまう。

しかも、引っ越しの荷物を抱えたまま。亮としては、わずかばかりの手荷物であるにせよ、取りあえずは荷ほどきして落ち着きたいところなのに。

それに何より亮にとって解せないのは、そもそもなぜ、その人物はどこの馬の骨ともわからぬ少年に用があるのか、何の説明もないことである。

腑に落ちない亮を尻目に、敏夫は淡々とふたりを呼びつけた人物のもとへと赴く。

あいにく敏夫は、亮の不安に気が回るほどの器量は持ち合わせていないようだ。

もとより敏夫は主体性に欠けたところがあるらしい。まるでガキの遣いのごとく、その人物の言いつけ通りに、待ち合わせ場所へと向かう敏夫。

おそらくは今回、亮を児童養護施設から出させた件に関しても、敏夫の意向というよりは、その人物の差し金によるものであろう。敏夫の才覚ではそこまでの知恵が回るとは考えがたい。

いずれにせよ、実際にその人物に会ってみれば、そのへんの事情も自ずと見えてくるであろう。

ふたりは電車を何本か乗り継ぎ、目的地を目指す。

いつの間にか太陽は西の空に傾いている。亮は電車に揺られつつ車窓から沈みゆく夕陽を望んでいた。

下車駅に着いた頃には、日はとっぷりと暮れていた。

駅の改札を出ると、敏夫と亮の目の前に広がっているのは歓楽街であった。

まだ宵の口だというのに、早くも多くの人でごった返している。

亮にとって初めて目にする都心の歓楽街。

賑々しいＬＥＤ照明サイン、どこまでも続く風俗店の軒並み。街をそぞろ歩く人の群れ、それを捕まえようと待ち構える客引き。

きらびやかに装い、虚栄を身にまとう女たち。慇懃にひれ伏し、札ビラにこびへつらう男たち。

いずれをとっても亮がかつて住んでいたすたれた下町の歓楽街など、かすんで見える。

眩むような明るさの不夜城の雑踏に気圧される亮。

敏夫は、ぼうっと突っ立っている亮の腕を摑むと通りの奥へと引っ張っていく。

歓楽街の場末まで行き着くと、敏夫は大手外食チェーンのファミリーレストランへと亮を連れて入る。

騒々しい通りとはうって変わって、店内は客の入りも疎らで閑寂としていた。

一見、静けさに安らぎを求めるひとり客が、つかの間の孤独を愉しんでいるようにも見える。

が、その実……。

年季の入ったホステスは、コーヒーを傍らにスマートフォン片手に常連客に来店を催促する電話をかけまくっている。虚飾と厚化粧で塗り固められた横顔にはファミリーレストランの照明は明るすぎる。

片や格好ばかりはいっぱしのホストが、ぺらぺらの安物のネクタイをしどけなく緩めてタバコをくゆらせている。駆け出しの若輩者が途中仕事をさぼって店を抜け出しタバコ休憩とは、態度ばかりは一丁前の見下げた食わせ者である。

一皮むけば人間など、うわべばかり取り繕った取るに足りない代物にすぎない。

敏夫と亮は四人掛けのテーブルに並んで腰掛ける。

敏夫は亮にメニューを手渡す。

「腹減っただろう。何でも好きなものを注文しろ」

亮がメニューを開く。と、そこには見たこともないのはもちろんのこと、食べたこともない美味そうな料理の写真で目白押し。亮にとってはどれもこれもご馳走である。

亮が目移りしていると、敏夫がメニューを指さす。

「お薦めは特製グレービーソースハンバーグステーキセットだ」

敏夫は長ったらしいメニュー名を唱える。

亮はそれに決める。

注文を済ませると、ひとりの男が来店する。

年は三十代半ば、ごつい大男で、見るからにアクの強そうな輩である。

男は敏夫を見つけると、近づいてきて、ふたりの向かい側にどっかりと陣取る。

「注文は済ませたか？」

男は敏夫に尋ねる。

「ああ」

敏夫が返事をする。

男は注文を取りに来たウェイトレスを一瞥すると、しっしと追っ払う。

男は亮を一目見るなり、吐き捨てるように言い放つ。

「これがおまえの言う子供か。てっきり娘だと思っていた」

そう言い捨てた言葉とは裏腹に、男はじっくりと嘗め回すように亮を見る。

男のいけ好かない目つきに、亮は目を伏せる。

「まあいいだろう。明日からはふたりで出てこい」

男は敏夫にそう言いつけると、伝票を摑んで立ち上がる。

男はレジへと向かい、勘定を済ませて店を出て行った。

それが亮にとって、運命を狂わせた男との出会いであった。

「その人が村瀬修」

杏介はおずおずと季生にその名を告げる。

季生は驚いて杏介の顔を凝視する。

「じゃ、おまえ、この男のことを知っていたのか？」

杏介はうなずく。

「おれがここへ来た日に、季生がやつの名前を電話で話してるのを聞いて、おれは運命を呪った。どんなに逃げてもどこへ隠れようともやつからは逃れられない。やつは蛇のように絡みついて、どこまでもおれにつきまとう」

杏介は涙にむせる。

「心配ない。村瀬はもはやおまえを脅かしたりはしない。あの男は死んだ。もうこの世にいない。殺されたんだ」

季生は優しく杏介の肩を抱き寄せる。

「それが問題なんだ」

杏介はぽつりとつぶやく。

季生は杏介の意味深長な言葉に引っかかったが、ここは敢えて尋ねたりせず、話の続きに耳を傾ける。

＊　＊　＊

村瀬修という男は芯から性根の腐りきった悪人だった。

デートクラブの経営者を気取っていたが、その実、金に困窮した若い女を言葉巧みに丸め込み、客を取らせて身体を売らせ、その大半をピンハネしていた。

女たちが隷属的待遇に不平不満を漏らしたり反抗したりしようものなら折檻が待っていた。耐えきれず逃亡をはかった者には麻薬などの違法薬物が投与され、逃げたり抵抗したりする気力を奪われた。

さんざん肉体を酷使された挙げ句使い物にならなくなると、同業者に二束三文で払い下げたり、人身売買よろしく外国人ブローカーに売り飛ばしたりしていた。

人の弱みにつけ込み骨の髄までしゃぶり尽くす、さながら死肉に群がるハゲタカ。それが村瀬の正体である。

村瀬は、自分は裏社会に通じ、やくざにも顔が利くのだと豪語していた。

敏夫は亮の想像通り、村瀬の使いっ走りであった。

飼い犬のごとくしっぽを振って村瀬の後を付いて回り、番犬のごとく吠え立てて女たちを見張った。

折から村瀬がビジネス拡大に向け、新たに人材を探していることを知った敏夫は、村瀬に取り入りたくて、浅はかにも自分に子供がいることを売り込んだのだ。

村瀬にその子供を連れてくるよう言われた敏夫は、十年ぶりにかつて暮らしていたアパートに舞い戻る。ところがいざ帰ってみると妻はよその男と遁走、亮は児童養護施設送りになっていた。

敏夫が、ことの顚末を村瀬に知らせると、村瀬は一計を案じ、敏夫に亮を施設から連れてこさせた。

敏夫は自分の子供が息子であるとは告げていなかった。亮を目にした村瀬は、娘ではなかったことを知り、当てが外れたというわけだ。

後に知れることだが、実は村瀬にとっては男であろうと女であろうと大した問題ではなかった。要は、年頃できれいであれば、即ち同業の商売敵の手つかずのまっさらでありさえすれば条件に適っていたのである。

その点亮は、まさにおあつらえ向きだった。が、敏夫にそのことを気取られないようわざとがっかりした振りをしたのだ。

亮と村瀬との初めての顔合わせの翌日から、敏夫は亮を連れて村瀬のもとへ出勤した。

敏夫の仕事は、腰巾着よろしく村瀬にくっついて、タバコが切れればコンビニエンスストアに買いに走り、コーヒーを飲みたいと言われれば近所の喫茶店に出前を頼みにいくなど、村瀬の身の回りの世話や雑用をこなすことであった。

敏夫は、表向きはデートクラブ事務所となっている女の子たちの詰め所に、掃除や片付けを口実に出入りしていた。そこで足抜けを企てていないか、女たちのおしゃべりに耳をそばだてたり、金をくすねていないか、女たちの所持品をこっそりチェックしたりもしていた。

少しでも不審な気配が見られた際に村瀬に告げ口するのも敏夫の仕事のうちである。

デートクラブに名を借りた売春組織に新たに女の子が加わると、好き者の村瀬は味見と称し真っ先に手を付けることにしている。こうした手はずを整えるのも敏夫の重要な任務のひとつである。

亮も敏夫に同行し、村瀬に付いて回ることとなった。

村瀬はにたにたと薄ら笑いを浮かべ、じろじろといやらしい目つきで亮を見ていた。

何かにつけてでかい身体を寄せてきては、わざとらしく亮の身体に接触してきた。

そのたびに、亮はさりげなく身体をよじらせ村瀬のちょっかいをかわした。

一週間ほど経った頃のことだった。

敏夫と亮が詰め所へ行くと、前に大きくて黒い高級ＳＵＶが乗り付けてあった。

運転席側の窓が開き、村瀬が顔をのぞかせる。

「ドライブに行くぞ」

村瀬が唐突に亮を誘い、助手席のドアが開いた。

亮は戸惑い、敏夫の方を振り返る。

村瀬は敏夫に目配せする。敏夫は有無を言わさず亮を車内に押し込むと、強引に助手席のドアを閉める。

村瀬はタイヤを鳴かせながら車を急発進させる。

車が走り去るのを見送る敏夫。

幹線道路を一時間ほど飛ばすと、車は人気のない郊外にたどり着く。

車は幹線道路から外れ、砂利敷きの林道へと入っていく。

村瀬は林道から目隠しになる藪の中に車を停め、エンジンを切り、シートベルトを外す。亮も村瀬にならってシートベルトを外す。

村瀬は運転席のシートの背もたれを倒す。促され、亮も助手席のシートの背もたれを倒そうとする。

亮が操作に手間取っていると、村瀬が助手席側まで身を乗り出してくる。亮に覆い被さるようにして、村瀬がシートの背もたれを倒す。

間近で目と目が合う。途端、村瀬は亮の肢体を押さえつける。不意を突かれ、亮は抵抗できない。

村瀬は亮をうつぶせにし、あらかじめ用意しておいた手錠をズボンのポケットから取り出すと、亮の腕をシートのヘッドレストに引っかけて束縛する。

村瀬は亮のズボンと下着をはぎ取り、下半身を露わにする。そして、亮のうなじを押さえると、背後から亮に馬乗りになる。


「やつはでかい図体をおれの尻に押し当ててきた。やつは、てめえのナニをおれのバックから突き立てて……何度も何度も……おれは恐ろしさと痛みで泣き叫んだ。そうしたらやつは、声を出すなと言って、無理やり脱がせたおれの下着を引き裂いて、それでおれに猿ぐつわを嚙ませて……」

声を詰まらせ、むせぶ杏介。

「わかった、もうそれ以上は言わなくても……」

季生は杏介をしっかりと抱きしめ、頭を優しく撫でる。

悪辣極まる卑劣漢に、季生は戦慄を覚える。

逃れるすべのない少年を力尽くで犯し、痛めつけ、慰みものにするとは。鬼畜にも劣る蛮行に、季生は心底胸が悪くなる。

その後も、村瀬は調教と称し、亮を何度も犯した。そのたびに苦痛と屈辱に叫び声を上げる亮。

調教は亮が声を上げなくなるまで続いた。ついに亮は声を出さずに苦痛に耐えられるようになる。

すると、村瀬の計画は次の段階に移る。

「今日からおまえに客を取らせる」

唐突に村瀬が亮に宣告する。

「おれがこの商売を始めてかれこれ十数年になるが、結構あるんだ。おまえくらいの年頃の若い男のニーズがな。そこでだ、おまえを使って新たなビジネスを始めようと思う。金持ちやらセレブも多いんだぜ。そういう連中はやたら世間体を気にしてなかなか相手を見つけられずにいる。そこでやつらに代わっておれがマッチングしてやるって寸法よ」

うろたえる亮を見て、村瀬はにやりと笑う。

「心配するな。いい客連れてくるから。万事うまくいく。ふたりでがっつり稼ごうや」

村瀬は新たにアジト兼職場を用意した。

それは運河に浮かぶ作業用運搬艀《バージ》をモーテル風に改造したものであった。

街の喧騒から外れた運河の上なら、客も人目を気にすることなく心ゆくまでことに興じることができる。

村瀬の言葉通り、客の大半は富豪の実業家や大企業の重役、大物政治家、伝統芸能の名家、高級官僚など地位も金も持ち合わせた、ひとかどの人物であった。

日頃抑圧された性欲が一気に発散されるのであろうか、そのご身分からは想像もつかないほど、大胆且つ奔放であった。

時にノーマルなプレーでは飽き足りない客には、亮を縛ったり撲ったり逆に亮に縛られたり撲たれたりなど、ＳＭプレーの追加サービスを特別に提供することもあった。

客たちはつかの間の快楽のために大枚をはたき、亮を玩具にした。

儲けの大半は経費と称して村瀬の懐に入った。

十代の少年には破格ではあるものの、亮は村瀬の得た利益からすればわずかばかりの小遣いを握らされるだけであった。

仕事を終えると、例によって村瀬は亮をファミリーレストランに連れていき、好きな料理をたらふく喰わせた。村瀬は亮の仕事ぶりにいたく満足し、亮を寵愛した。

そんなふたりの間柄を苦々しく見ている者がいた。亮の父敏夫である。

月明かりが目映いばかりに美しい晩のことだった。

いつものように村瀬は客を捕まえ、アジトの艀まで連れていくと、亮が客の相手をする。

一仕事終える頃合いを見計らって、村瀬は客を迎えに来てタクシーバースまで送っていく。

客を丁重に見送って村瀬が再び艀に戻ってくるまでの間に、亮はシャワーを浴びて仕事の垢を落とす。

髪を乾かそうと亮は船外に出る。

月明かりは運河の川面を煌めかせる。その乱反射する光に、青白く浮かび上がる亮の面《おも》輪《わ》。すっかり夜の顔が板についてきた。

月光を浴びながらタオルを頭から被り髪を拭く亮。

と、桟橋を渡ってくる足音がする。足音は亮のそばで止む。

不意に男が亮の背後から腰元に腕を回して抱きついてくる。

「村瀬さん、よしてくださいよ。酔ってるんですか？」

男は亮の股間に手を伸ばす。

「やつはこんな風にするのか……」

男はアルコール臭い息を亮の耳に吹きかける。

「父さん！　何でここに……」

男は敏夫であった。

「おれが知らないとでも思っているのか。こうやって男にケツを貸してるんだろ」

敏夫は亮の尻に股間を押しつける。

「ふざけないで」

「何人の男とやったんだ？　村瀬からいくらもらってるんだ？　ええ？　親父を差し置いて」

「やめろよ」

亮は敏夫の腕を払いのける。

タオルがはらはらと運河の水面に舞い落ちる。

「村瀬の言うことは聞けても、おれの言うことは聞けないって言うのか？　おれはおまえの親父だぞ」

まったくそのとおりである。ボスのおぼえを良くするために我が子を好餌に差し出した呆れた父親張本人。

この姑息な小心者は、村瀬と亮の仲を取り持ったつもりでいた。当然分け前に与れるものだと確信してのことだ。が、ふたを開ければ当てが外れて自分だけが蚊帳の外。

そこで、とんだ見込み違いに父親は息子に因縁をつけにきたのだ。

「おれのおかげでおまえは実入りのいい商売ができているんだ。身の程をわきまえるんだな」

敏夫のせいで亮は恥辱を嘗めさせられているというのに。思惑が外れたからと言って当て擦るとはまったくお門違いも甚だしい。

「おまえの取り分はおれのもんだ」

敏夫は亮から金を分捕ろうと、亮のズボンのポケットに手を突っ込んでくる。

亮は敏夫を艀のデッキに突き飛ばす。敏夫は腰が砕けてなよなよと倒れ込む。

「これが父親に対する仕打ちか！　このあばずれ！」

敏夫はおぼつかない足で立ち上がると、亮に向かって頭から突進してくる。

亮はさっと身をかわす。

敏夫はそのまま止まれず、千鳥足で艀の端から真っ逆さまに運河へと突っ込んでいく。

ドボンと水面を叩く音と水しぶき。

亮ははっとしてデッキから運河をのぞき込む。

水面では敏夫がバシャバシャともがいている。どうやら敏夫は泳げないようである。

「助けてくれ！」

敏夫はあっぷあっぷあっぷと声を上げる。

亮だって泳げない。亮はデッキから精一杯手を伸ばし敏夫を捕まえようとするも、喫水線が低すぎて手が届かない。

と、急に敏夫の全身が痙攣をし始める。泥酔に近い状態で水に落ちたものだから、心臓麻痺を起こしたらしい。そのまま敏夫はぶくぶくと運河の底へと引き込まれていく。

亮は呆気にとられて敏夫が川面の下に消えゆくのを見つめていた。

はたと我に返る亮。たった今、目の前で起こった出来事に恐怖で打ち震える。故意ではなかったとはいえ、自分のせいで父親が死んでしまった。

亮の胸は早鐘を打つ。

「おれは父さんを殺してしまったんだ」

杏介は絞り出すような声で拳を握りしめる。

奥歯をかみしめ、今にも弾けそうになる感情をぐっとこらえる杏介。

季生は杏介の拳をしっかりと掴む。

「違う。おまえが殺したんじゃない。事故だったんだ。園長先生も言ってたじゃないか。酒に酔って過って運河に転落して溺死したんだって。おまえのせいじゃない。勝手に死んだんだ」

「でもおれは助けも呼ばず、そのまま見殺しにしてしまった」

杏介は嗚咽する。

「おまえは悪くない。どうしようもなかったんだ……」

杏介は季生の手を取り、痛いほど握りしめる。

「おれを見捨てないで」

「見捨てやしない」

季生も杏介の手を握り返す。

亮は無我夢中だった。走りに走った。

どこをどう行ったかなんてまるで覚えていない。

とにかく悪夢から逃れたかった。

艀からできる限り遠くに離れるべく、亮は一昼夜ぶっ続けで走り通した。

今にも村瀬の追っ手が迫り来て、亮を父親殺しのかどで警察に突き出しやしないかと、亮は気が気でなかった。

くたくたに疲労困憊し、あてどなくさまよった挙げ句、ようやっとたどり着いた先は、どことも知れぬ繁華街だった。

亮はもはや一歩も足を前に進めることができなかった。人目を忍んで路地裏に身を横たえると、そのまま泥のように眠り込んだ。

見知らぬ街角で、亮はほとぼりが冷めるまで身を隠すことにする。

雨露しのげる家もなく無一文で、惨めでみすぼらしい野良犬のように村瀬の影におびえつつ、こそこそと息を潜める日々。

スーパーマーケットやコンビニエンスストア、飲食店の裏通りを巡っては残飯をあさって、食いつないだ。

今や亮は母親に置き去りにされたかつてとは違う。もはやうぶな子供ではない。

都会の闇で生き抜いていくだけのしたたかさを身につけている。

街にのさばるチンピラどもとつるんでは、悪事に手を染めた。万引き、置き引き、かっぱらい、引ったくり、車上荒らしの類いは日常茶飯事。生きるためには何でもやった。くすねてきた向精神薬や催眠剤を売りさばいたり、違法薬物を横流ししたりもした。危険を伴うが金を得るには背に腹はかえられない。

車を盗み出す手口と運転を覚えたのもこの頃だった。仲間のひとりが自動車修理工の見習いで、ドアのピッキングやキーなしでのエンジンの掛け方、基本的な運転技術などの手ほどきを受けた。

ならず者連中と路上に駐車してある車を盗んでは、夜の街を転がして回った。

この年頃の少年たちにとって悪事を働くことは、必ずしも金銭を得るためだけの手段ではない。こたえられないスリルや快感を味わうため、そして何より思うに任せない世の中に対して鬱憤を晴らすためでもあった。

が、けちな泥棒だけではいくら繰り返しても、懐が潤うことはない。

その点、亮にはその気になれば実入りの良い稼業がある。

いよいよ金に窮すると、亮は村瀬のシマからは遠く外れた歓楽街の宵闇へと再び身を沈めた。

二、三日根城にしている繁華街から雲隠れすると、夜の歓楽街で客を何人か取った。

そうしていくらか稼ぎを上げると、繁華街に戻り、チンピラ連中に気前よく振る舞った。

まさか男が男に身体を売って稼いでいるなどとは、やつらに口が裂けても言ったりはするまい。

もしもこんな所業がばれようものなら激しい制裁が待ち受けている。侮蔑されつまはじきにされるだけでは済むまい。下手をすればなぶり者にされたうえ袋だたきに遭いかねない。そんなことになれば命に関わる。

幸いにも大方の連中は、おそらく亮は金持ちの放蕩息子で、懐が寂しくなると実家に戻って親に無心して金をせしめてくるのであろう、と見ているようだった。やつらの目には亮は都合のいい金づると映っていたのだ。


ある昼下がり、亮はいつもの連中と連れだってショッピング街を我が物顔で闊歩していた。もちろん買い物が目的ではない。カモを見繕うためだ。

粋がってガキどもだけでうろついている身の程知らずの小中学生をとっ捕まえて、締め上げてかつあげする魂胆だ。

しばらくあっちこっち獲物を物色して回ってはみたものの、この日に限って当てが外れた。気がつけばショッピング街のはずれ、官庁街とオフィス街に隣接するコンコースまで来ていた。

せっかくここまで足を伸ばしたからには、無駄足にしたくはないと、狙いを変更することにした。獲物をＯＬかサラリーマン、ビジネスマンに切り替え、引ったくりか置き引きで網を張ることにする。

コンコースで当たりを付けていると、行き交う人の流れの中にうってつけのターゲットを発見する。

ベンチで一休みするビジネスマン風の男。少年たちの目から見ても身なりはかなり良い。年の頃は四十歳前後と言ったところ。

何にも増して魅力的に映ったのは、傍らに無造作に置かれた鞄。革製のいかにも高価な逸品のようである。

ただ中年男性相手では、追いかけられでもしたら太刀打ちできないこともある。まともに対するのは得策ではない。

そこで陽動作戦をとることにする。

まず、仲間のひとりが男の座るベンチに近づき清涼飲料をぶっかける。男がひるんだ隙に別の仲間が鞄をかっさらう手はずだ。

じゃんけんで役割を決める。

負けたひとりは清涼飲料をかける役を、一番負けた亮は鞄を奪う役を割り当てられる。

いよいよ作戦を決行する。飲料水ぶっかけ役が標的の男に接近する。ベンチに近づいたところまでの首尾は上々だった。

ところがいざ飲料水をかける段になって、すんでのところで手元が滑って少年は缶を落とす。

作戦はあえなく失敗。直ちに計画を中断し、速やかにその場を立ち去らねばならぬ。が、時すでに遅し。亮は男の鞄に手が伸びていた。

そして、タイミング悪く、亮は男に腕を摑まれたのだ。

亮は男の腕を振りほどこうと必死でもがく。男の方も負けじと摑んだ腕を決して放さない。

そこへさらに間の悪いことに、パトロール中の巡査が数名コンコースを通りかかる。

チンピラ連中は亮を見捨てて、とっくに逃げた。

亮と男のただならぬやり取りに、巡査たちは事情を探りに押し寄せる。

万事休す。

あっという間に亮は巡査に取り囲まれ、もはや逃げ出す余地はない。警察に引き渡されるものと亮が覚悟を決めた時、男は思いも寄らないことを口にする。

「この子はわたしの甥っ子なんだ。口げんかが高じてつい手が出てしまって……大人気ないことで、誠に申し訳ない」

男は出任せで、その場を取り繕うと、巡査たちは何事もなかったかのようにあっさりと立ち去っていった。

亮は呆気にとられてその場に棒立ちしていた。

いささか拍子抜けしたが、何はともあれ警察に逮捕されずに済んだのを幸いと、退散しようとする亮。

突然、男が亮を引き留める。

「ねえ、君、お腹すいてない？」

「それが先生との出会いだった」

杏介は穏やかな声でそう語ると、静かに目を閉じる。

＊　　＊　　＊

男はホテル内のショッピングプラザにあるラウンジカフェへと亮を連れていった。

アトリウムではピアノの生演奏が響き渡り、きらびやかなショーウインドーがプロムナードを彩る。

ホテルのロビーも兼ねたカフェは開放感に溢れ、シートはラグジュアリーでゆったりしている。

亮が今までに経験した一番の贅沢はと言えば、かつて村瀬が一仕事終えた後連れていってくれたしみったれたファミリーレストランくらいが関の山だ。

ここは、どこもかしこもそれとは比べものにならない。まったくの別次元である。

訪れる客も品があって、服装も所作も洗練されており、亮とは明らかに住む世界が違う。

亮が落ち着かない様子でそわそわしていると、男はメニューを差し出す。

亮は取りあえずメニューを開いてみる。が、写真もなく英語なのかフランス語なのか、何語なのかすら見当もつかない。とにかく読めない文字だらけ。

「カレーがお薦めだよ」

戸惑う亮を察して、男は助け船を出す。

亮は軽くうなずくとメニューを閉じる。

男はウェイターを呼びつけると、亮にはカレーライスとオレンジジュース、自分にはホットコーヒーを注文する。

しばらくすると注文の品が運ばれてくる。

男は居心地良さげにコーヒーを味わっている。

一方亮の方はと言えば、場違いなところに居合わせてしまったとばかりに、どうにも落ち着かない食事となった。

亮の目の前には、カレーとライスが別々の容器と皿に盛られて給仕されている。

途方に暮れて辺りをきょろきょろする亮。

「好きに食べればいいんだ」

男に言われ、亮はカレーをライスに一気にぶっかけると、スプーンでぐちゃぐちゃにかき混ぜる。

亮は一口カレーライスを口に運ぶと、お薦めだけあって絶品である。これまで食べた中で最も美味いカレーライスであった。

亮はぺろりと平らげる。

男はそんな亮のイノセントな様子を微笑ましく見守っている。

腹も満たされたところで、亮は疑問を男にぶつける。

「何で助けてくれたの？」

「特に助けたつもりはないよ」

男はそう答えると、自分はこの近くのオフィスビルに勤めているだの、このカフェは行きつけだのと四方山話を始める。

亮は愚にもつかない会話を長々と続けるつもりは毛頭ない。

亮はこれまでの経験から直感していた。そこで単刀直入に切り出す。

「目的はおれでしょ?」

「そんな……随分あからさまな物言いだね」

男はうろたえ口ごもる。

「別に隠さなくてもいいんじゃない。誘われるのは初めてじゃないし」

亮がそう言うと、男は観念したのか告白する。

「正直言うと一目惚れだった」

「いいよ。いくら出してくれるの?」

「そんな……君をお金で買おうってわけじゃないんだ。ただ、つき合ってほしいんだ。純粋にパートナーとして」

「勘違いしないでくれ。おれはただでつき合うつもりはないんだ」

きっぱりと断ると、亮は話は終わったとばかりに席を立とうとする。

と、男は慌てて引き留める。

「待って。君がそう望むのならお金は渡す」

それを聞いて亮は再び席に着く。

男はほっと胸をなで下ろす。

「また会ってくれるかい？」

男は真剣な眼差しで亮を見つめる。

「いいよ」

「じゃ、待ち合わせ場所は初めて出会ったあのベンチで」

男は手を伸ばしてテーブルの上に置く。

亮は男の手に自分の手を重ね、男の手を軽く握る。

男も亮の手をしっかりと握りかえす。


感慨にふける「杏介」。

「その人が長谷川斎。そう、あの原田って人が探していた。季生と原田さんとのやり取りでこの名前が出るなんて思いも寄らなくて……黙っていてごめんなさい」

こうして亮と長谷川の交際は始まった。

長谷川は外務省の高官。結婚してはいる。妻は上司の娘で子供はいない。結婚早々から夫婦生活はぎくしゃくしていた。今では夫婦間はすっかり冷え切っており、もはや破綻寸前。長谷川の性的指向から察するに至極当然の成り行きである。そもそも夫婦生活自体うまくいくはずもなかった。

亮には長谷川のプライベートなどどうでもよかった。

これまでにも亮は長谷川のように地位も経済力もある客を相手にしてきた。いずれの客も亮を男娼とさげすみ、ぼろ雑巾のようにぞんざいに扱った。

長谷川は亮をひとりの人間として尊重し、紳士的に接した。

亮にとって初めての経験であった。

今まで出会った中で一番立派な人物だったので、尊敬と親しみを込めて先生と呼ぶことにした。

とはいえ、当初亮と先生とは金で割り切った関係でしかなかった。俗に言う援助交際である。少なくとも亮にとってはそうであった。

先生とつき合うことは亮にとっては好都合だった。安定した収入が確保できる。その分無理をして客を取る必要がなくなる。

路上で客を捕まえるのはリスクを伴う。素性のしれない人間を相手にするわけだから、暴力行為や金品強奪など不測の事態に見舞われないとも限らない。

先生は亮が他に客を取らないよう望んだ。亮を心配してのことである。嫉妬の念も多少はあったろうが……亮が他で上げる稼ぎの分も先生が負担し、よそで仕事をすることをやめさせた。

先生は亮の健康のことも気遣った。不特定多数との肉体関係を持っていることもさることながら、インターネットカフェや深夜営業の飲食店、時には路上で寝泊まりするなど、その日暮らしを続けていたのでは、いくら若い亮といえども相当身体に無理をしていたはずだと考えたのか、実際病院で健康診断を受けさせたのも先生であった。

先生は亮に街のチンピラ連中とのつき合いをやめるよう忠告した。

亮の懐に群がるさもしい輩を遠ざけ、荒れた生活から足を洗わせようとしたのだろう。

先生と知り合うきっかけとなった置き引き未遂の一件以来、亮は連中と距離を置くようになっていた。

それに、先生は読み書きもまともにできない亮の将来を憂慮していた。亮を再び学校に通わせたいと考えていたようだ。

先生の誠実さや思いやり、深い愛情に亮は次第にほだされていった。

ふたりの仲がただのパトロン関係から本物の恋人へと進展するのに、さほど時間はかからなかった。

先生は自宅とは別にマンションを借り、亮とふたりで同棲を始めた。ゆくゆくは妻とは別れ、亮を養子に迎えるつもりだと先生は言う。

官僚という立場や、出世へと引き立ててくれた先輩、長谷川家に娘を嫁がせた上司への体面など何かにつけてしがらみがあるがゆえに、今すぐと言うわけにはいかない。が、良い天下り先が見つかり次第今の職を辞し、妻とも離婚する。

これまでの人生を精算し、自分に正直に生きるのだと。そう踏み切る決心がついたのも亮の存在があってのこと、先生はそう確信していた。

休日ともなれば、亮と先生はウォーターフロントへと遊びに出かけた。

ここ最近のお気に入りは、ソフトクリーム片手に川縁の遊歩道をそぞろ歩くこと。はた目にはふたりは仲の良い親子といったところ。恋人同士と思う人間はいなかったであろう。

本心では手をつないだり肩寄せ合ったりして、恋人同士のように振る舞いたかった。それどころか、ふたりは愛し合っている恋人同士なんだと、声高らかに宣言したいくらいである。

亮が未成年である以上、白昼公然とそんなまねは許されない。そんなことしようものなら、先生が未成年者を拐かしたかどで罪に問われかねない。今はまだ、人目をはばかり、親子であるかのように装うより他ない。

川面を一望できるカフェのテラスでくつろぎながら、亮と先生は将来のビジョンについて語らった。

カフェのテラスはまさしく帆船のデッキのごとく風を受けている。まるで新たなるふたりの船出をたたえているかのよう。

ふたりだけの至福の時間。

亮は生まれて初めて真実の愛というものを実感していた。亮にとって先生は父であり兄であり伴侶であり、初めて手にした家族であった。

先生にとって亮の存在は人生のすべてであった。亮の前では世間体という鎧を脱ぎ捨て、ありのままの自分をさらけ出すことができた。

ふたりは愛を育み交わし合った。幸福を分かち合いかみしめた。

しかし、ふたりの蜜月はそう長くは続かなかった。

魔の手はすぐそこまで忍び寄っていたのだ。

音もなくひたひたと迫り来る影に、ふたりは気づかずにいた。

亮の父敏夫の溺死以来、村瀬のもとから姿をくらました亮であったが、村瀬は執拗に亮の行方を追っていた。そしてついに村瀬は亮の居所を捜し当てた。

休日、先生とウォーターフロントで散歩していたところを、偶然村瀬に目撃されていたのだ。

村瀬はふたりの後を付け、同棲しているマンションの部屋を突き止めた。

すぐにでも乗り込んでいくのかと思いきや、そこは村瀬。しばらくふたりの周辺を嗅ぎ回ることにする。特に先生に関しては念入りに調べ上げる。そして、外務省の高官である長谷川斎と探り当てた。ホモセクシャルであることは、亮の様子から間違いないと踏んだ。これはまたとない好材料である。

村瀬は謀略を巡らす。悪知恵を働かせることにかけてはやつの右に出る者はいない。

そうして手っ取り早く大金を稼ぐ、とっておきの計画を練り上げる。

村瀬はぬかりなく手はずを整えたところで、いよいよ実行へと移す。卑劣な罠にふたりを陥れるために。

ある日の午後、亮はひとり部屋にいた。先生は出勤し、夕方には戻ると言っていた。

少しは勉強するようにと先生から言われていたが、今日に限ってちっとも身に入らず、本や参考書はテーブルに積み上げられたまま。

亮はリビングのソファーに身体を投げ出し、ぼんやりテレビを見ていた。

そこへインターホンのチャイムが鳴る。

「鍵持って出るの忘れたのかな？」

亮はインターホンのモニターを確認する。

そこに映し出された男に、亮は愕然とする。

村瀬はカメラに向かってほくそ笑んでいる。

亮は血の気が引いていくのを自覚する。一気に全身の力が抜けていく。

亮はモニターから目を背け、その場にへたり込む。インターホンの呼び出し音は鳴り続ける。

このまま居留守を決め込むか、先生が帰ってくる前に何とか村瀬を追い返すかと迷い、亮は意を決してマンションの玄関ホールへと降りていく。直接村瀬と対峙する腹づもりだった。

やはり、やつは待ち受けていた。

「久しぶりだな。いなくなったと思ったらこんなところにいたとはな。パトロンに囲われてマンション暮らしとは、随分いいご身分じゃないか」

村瀬はにやついて近寄ると、なれなれしく亮の肩に腕を回す。

「先生はパトロンなんかじゃない。大事な友達だ」

「先生とは恐れ入った。そんなにどえらい仲とはな」

亮は村瀬の腕を払いのける。

「もう帰ってくれ」

「ああ、いいとも」

村瀬は開き直る。

「ただしこの足で警察に行ってもいいんだぜ。おれが知らないとでも思っているのか？　おまえは親父を運河に突き落として、そのままとんずらしたんだろ？　このことを警察に言ったらどうなるかな」

村瀬の言葉に亮は慄然とする。

「おれは突き落としたりなんかしていない。勝手に落っこちたんだ」

「そうだろうとも。おまえがそんなことするわけない。けど逃げたことには変わりない。この事実を警察はどう判断するかな」

そう言い放つと、村瀬は踵を返す。

「待って」

亮は慌てて村瀬を引き留める。

「どうすればいい？」

村瀬は立ち止まって振り返る。

「簡単なことさ。おまえの大事なお友達の先生とやらに、おれを引き合わせてくれさえすればいいんだ」

不敵な笑みを浮かべる村瀬。

村瀬の腹に一物あることは、亮の目にもありありと見て取れた。が、ここは村瀬の要求を呑むより他ない。

「先生を傷つけたりしないって約束するか？」

「おいおい、心外だな。おれがおまえのホモ達に手出ししたりするとでも？」

「絶対だよ」

亮はしつこく念押しする。

「ああ、わかったよ」

村瀬は面倒くさそうに言い捨てる。

「そうと決まれば先生がお帰りになるまで待たせてもらうことにしよう。おまえたちが毎夜ちちくり合ってる愛の巣でな」

村瀬は亮の肩に手を掛けると、ふたりでマンションの部屋へと向かう。

亮は村瀬とともに先生の帰りを待った。

村瀬は我が物顔でリビングのソファーにどっかりと陣取ると、ローテーブルに両足を投げ出す。

村瀬は何をしでかすかわからない。亮は気が気でなかった。

恐ろしく長い時間が流れたかのように亮には感じられた。

三十分も経たず、玄関ドアの外で音がするのを聞きつけると、村瀬はソファーからさっと立ち上がる。

村瀬はそのでかい図体には似つかわしくないすばしっこさで物陰に身を隠し、先生がリビングに入ってくるのを待ち伏せる。

「ただいま」

何も知らず無防備なままリビングへと近づいてくる先生。

先生の影がリビングにのぞくや否や、物陰から飛び出してくる村瀬。

突然の襲撃にたじろぐ先生を村瀬は容赦なく取り押さえると、床に組み伏せる。

「乱暴しないで」

亮は叫び声を上げる。

村瀬は先生の襟首を摑み上げると、ソファーに投げ出し、有無も言わさず座らせる。

「あんたの帰りを待ってたんだ」

驚きと恐怖で縮み上がって声も出ない先生。

「まあ、ゆっくりしてくれや」

村瀬は先生の隣に並んで座る。

「おれは亮の雇い主でね。ずっと探してたんだ。こいつのことを。急にいなくなったもんでね。そうしたらあんたが断りもなく勝手に囲い込んでるときた」

村瀬は拳でローテーブルの天板を力いっぱい叩く。

「ええ！　あんたが亮をたらし込んだんだろ！」

大声でののしる村瀬に、身体をびくつかせる亮と先生。

「うちの大事な売り物に手を付けて傷物にしやがって、ただで済むと思ったら大間違いだ。さて、どう落とし前をつけてもらおうか」

先生を睥睨する村瀬。

「こいつはまだ未成年だからね、そのことマスコミに漏らしたらどうなるだろう。外務省高級官僚、未成年の少年を買春、なんてね。面白いことになりそうだ」

「わ、わたしにどうしろと……」

震える声でようやく先生は口を開く。

「なあに、外務省にお勤めのあんたにとってはたやすいことだ。おれの知り合いに外国人ブローカーがいてね、そいつがある情報を欲しがっているんだ」

「ちょっと待ってくれ」

先生は村瀬の話を遮る。

「亮くん、お客様にお茶とお菓子をお出ししないと……」

そう言って先生は懐から財布を取り出すと、亮を招き寄せ札をいくらか握らせる。

「これで適当なものを買ってきてくれ。かまわないね？」

先生は村瀬に同意を求める。

「まあ、いいだろう」

村瀬はこれから自分が話す内容が、亮であっても用心した方がいいと思い、外出を認める。

「さ、早く行っといで」

先生に促される亮。

「大丈夫だよ。何にもしないよ。ただ話をするだけだ。友好的に、なあ、先生」

村瀬は先生の肩に腕を回す。

先生は目配せし、早く部屋から出るよう亮に促す。

後ろ髪を引かれる思いで亮は部屋を後にする。

先生の言いつけ通り、亮は近所のカフェに出向く。そこでテイクアウト用のケーキを選ぶも、心ここにあらず。結局何を選んだのかよくわからないままいくつか購入。急ぎマンションへと取って返す。

亮がマンションの部屋へ戻ると、ふたりの間で話がついたようであった。

余裕綽々でソファーでくつろぐ村瀬。それとは対照的に先生の顔は真っ青だった。

ふたりの間でどういった契約が取り交わされたのかについては詳細は不明だ。が、先生にとってはかなり不利な、否、不利どころか到底容認しがたい無理難題をふっかけられたことは火を見るよりも明らかだ。

人の弱みにつけ込み、骨の髄までしゃぶり尽くす。村瀬はそういう男だからだ。

「さてと、おれは退散するとするか。せっかく買ってきてもらったのに悪いな」

亮がローテーブルにケーキの入った箱を置くなり、村瀬はやおらソファーから立ち上がる。

「そうだ、先生よ。あんたがちゃんと任務を遂行するまで、こいつは預かっていくことにする」

村瀬は出し抜けに亮の首根っこを掴む。

村瀬は容赦なく亮を玄関ドアへと引きずっていこうとする。

「ま、待ってくれ。話が違う」

先生は村瀬の前に立ちふさがる。

村瀬は先生を突き飛ばすと、ずんずん玄関へと向かう。

「必ず約束は守る。後生だから亮を連れていかないでくれ」

先生は村瀬の足にすがりつく。

村瀬は振り払おうと先生の頭を蹴り飛ばすも、先生は必死に村瀬の足に食らいつき決して放そうとしなかった。

「ったく、しょうがねえな。わかったよ」

村瀬は先生の執念に根負けし、亮を放す。

「頼んでおいたブツを持ってくる時には、亮とふたり必ず一緒に来るんだぞ。いいな」

亮は先生のそばにひざまずき助け起こす。

「おい、亮。先生が妙な気を起こさないようにしっかり見張れよ。おれはおまえにも貸しがあるんだからな。そのことをよく肝に銘じておくんだな」

捨てぜりふを吐くと、村瀬は荒々しく玄関ドアを開け放ち部屋を後にした。

一夜にして亮と先生は奈落の底に突き落とされた。

部屋は静まりかえっていた。黙り込むふたり。その場を支配しているのは張り詰めた空気だけ。

「君は逃げるんだ」

と、先生が切り出す。

先生の言葉に亮は絶句する。

「ここから先は、ただでは済まない」

「いやだ！」

亮は先生の両腕に摑みかかる。

「絶対にいやだ。逃げるんならふたりで逃げる。先生とふたりで」

先生は亮から目を背ける。

「これからわたしがしようとすることに、君を巻き込むわけにはいかない」

「先生を巻き込んだのはおれの方だよ。村瀬のような男を……」

亮は嗚咽する。

「あの手の男は、一度目を付けた相手にはとことん食らいついて決して離れない」

亮は先生の胸に顔を埋める。

先生は優しく亮の髪を撫でる。

「けりを付けようと思う。もう二度とつきまとわないように。君をあの男の呪縛から解放してやろう」

亮は先生の顔を見上げる。

先生の目にはまるで差し違えんばかりの覚悟の色が浮かんでいた。

「まさか、あいつを殺そうってんじゃ……だめだめ、絶対にだめだ。逆にやつに殺られちゃう」

先生は突き放すように亮の手を振りほどく。

「先生が死んじゃったら、おれ、どうすればいいいんだよ」

亮の唇がわなわなと震える。

「ひとりはいやだ。ひとりにしないで。お願いだから……先生なしでは生きていけない」

先生は亮の言葉にはっとする。

ふたりはもはや連理の枝。互いに互いなしには生きられない。

先生は亮を抱き寄せる。

亮は先生の肢体をしっかり抱きしめる。

ふたりは愛を確かめ合い、やがて朝を迎えた。

村瀬が先生に要求してきたブツというのは、外交上の機密文書の類いらしい。

詳しい中身については亮には知らされていなかったが、外務省内でも長谷川のような高位高官といった限られた人間にしかアクセスを許されていないレベルの、最高機密に属する関係書類らしい。

外交機密文書が金になるとどこで聞きかじったのか、村瀬は先生の特権的地位を当て込んで、亮との禁断の関係をネタに文書を持ち出してくるようゆすってきたのだ。

某国関係筋が要望する特定の外交機密文書を入手すると、高値で買い取ってもらえるのだとか。村瀬は外国人ブローカーとコネがあると言っていたが、おそらくはその筋から聞きつけたのであろう。

村瀬がふたりの前に現れてから数日後、いよいよ決行の日を迎えた。

いつもの時間に起床し、いつものようにふたりで朝食を摂った。

いつもと変わらぬ朝。

それが地獄への道行きの始まりだった。

仕事を終えたら地下鉄の改札口で亮と落ち合う約束をすると、先生は時間通り出勤していった。

どんな手段を用いたのか亮には見当もつかないが、先生は注文通りの物を勤め先のオフィスから持ち出してきた。それは小さなＵＳＢメモリーに収められている。

周囲に気取られぬよう先生は努めて平静を装い、通常通り勤務を終えると退庁する。

先生は地下鉄の駅へと向かう。足早に階段を駆け下り地下道を進む。

改札口付近では亮が先生を待っていた。ふたりは合流すると、その足で地下鉄に乗って村瀬が指定した受け渡し場所へと向かう。

都心のはずれの駅でふたりは地下鉄を降りる。

そこから流しのタクシーを拾う時分には、すでに日は落ちて辺りはすっかり暗くなっていた。

とある公園の前でタクシーを降り、公園内へと入っていく。

園内には亮と先生の他に人影はなく寂寥としている。外灯の青白い光がぽつりぽつりと灯っているだけ。その明かりを頼りに、ふたりは園内奥へと進んでいく。

しばらく行くと、植え込みの脇に大型の黒い高級ＳＵＶが停まっているのが見えてくる。

亮には見覚えのある村瀬の車だ。向こうもふたりの影に気づき、軽くクラクションを鳴らす。

一瞬緊張が走り、亮と先生はたじろぎ、顔を見合わせる。

亮は先生の手を握る。先生の手は汗でじっとりと湿っている。

意を決してふたりは車の方へと近づいていく。

運転席のウインドーが開き、村瀬が顔を出す。

「中に入れ」

亮は後席ドアを開けると、先生とふたり車内に乗り込む。

ふたりが車内に入るなり、村瀬は単刀直入に用件を切り出す。

「注文の品は持ってきただろうな？」

先生は震える手で愛用の革製の鞄からＵＳＢメモリーを取り出す。村瀬は引ったくるように先生の手からそれを奪い取る。

村瀬はすぐさま助手席に用意しておいたポータブルパソコンを起動させる。ＵＳＢメモリーをスロットに差し込み中身をあらためる。

どうやら村瀬は依頼主よりデータの仕様について細かく指示を受けているようである。その仕様にかなっているかどうか動作確認しているのだ。

「内容もさることながら、まずは中身を見られないことには意味がないからな」

「君から頼まれたとおりにしてある」

先生は答える。

村瀬は一通り目を通すとＵＳＢメモリーをスロットから抜き取る。

「まあいいだろう」

村瀬はＵＳＢメモリーを懐にしまい込む。

「よし、降りろ」

村瀬の指示に従い、亮と先生のふたり連れだって車外へと降りていこうと、先生は後部ドアのノブに手を伸ばす。

突如、村瀬が亮の肩を摑む。

「降りるのはおまえだけだ。亮は残れ」

先生は慌てて村瀬の方を振り返る。

「話が違う。データと引き替えに我々ふたりには二度とつきまとわないと約束したじゃないか」

「そんな約束した覚えはない。おまえも厚かましい男だな。そもそもうちの大事な商売道具を拐かして勝手に我が物にしていたのはおまえじゃないか」

先生は出し抜けに運転席のシート越しに、村瀬の首もと目がけて飛びかかる。

思いがけない急襲に不意を突かれひるむ村瀬。

が、すぐさま体勢を立て直すと、後部座席に回り込み、先生に反撃する。

必死に食らいつく先生。

車体はひっくり返らんばかりに大きく軋む。

激しい取っ組み合いに押され蹴られして、亮の身体は車内のあちこちにぶつかる。

「この猫ばば野郎！　おれに楯突くとは十年早いんだよ」

怒りに任せて村瀬は先生に馬乗りになり殴りつける。

先生と村瀬とでは勝負にならなかった。抵抗むなしく先生はひとたまりもなく打ちのめされた。

「もうやめて！　先生が死んじゃう！」

かさにかかって先生にさらに殴りかかろうとする村瀬の腕に、亮は遮二無二しがみつく。

逆上した村瀬は亮を振り払おうと身体ごとシートに押しつける。

亮も負けじと村瀬の腕を放そうとしなかった。

と、突如我に返ったのか村瀬の身体から力が抜ける。

三人の大きな息づかいだけが車内に充満する。

村瀬は馬乗りになった先生の身体から退く。先生の身体はぐったりとして動かない。

村瀬は運転席へと戻る。

「そいつを車から放り出せ」

村瀬は亮に命じる。

「こんなところに先生を置いてはいけない」

「じゃ、どうすりゃいいんだよ！」

村瀬はどら声を張り上げる。

「せめて病院まで……」

亮は蚊の鳴くような声で懇願する。

さしもの村瀬も先生に死なれてしまってはまずいと考えたらしい。

「わかったよ。病院の前までそいつを連れていってやるよ」

運転席に座り直す村瀬。エンジンを掛けると車を出す。

都心へと引き返すと、村瀬は夜の街をしばらく流し、やがて規模の大きい基幹病院が目に入ったため、その夜間救急病棟の前に車をつける。

亮は咄嗟に病院周辺の様子を見渡し、記憶しようと試みた。

村瀬と亮のふたりは後部ドアを開けると、満身創痍の先生を後部座席から車外へと転がり落とす。その後、タイヤを鳴かせ車を急発進させると、その場を走り去った。

沈黙の続く車内。

亮はおそるおそる口を開く。

「これからどうするの？」

「どうするって、決まってるだろ。例の物を金に換えるのさ」

村瀬は幹線道路に出ようとハンドルを切ると、一路湾岸を目指して車を走らせる。

車が進むにつれ、街の明かりは線を描きつつ後ろの景色へと流されていく。次第にその数も少なくなっていった。

やがて目的地に到着したのか、村瀬は車を停める。そこは人気のない埠頭付近の廃車置き場だった。

時刻は明け方近くではあったが、まだ辺りは暗かった。

依頼人と落ち合う時刻にはまだ早いのか、村瀬は待つ構えのようだ。

と、村瀬はにわかに小さく身ぶるいする。

「ここにいろ。おれはちょっと用を足してくる」

村瀬は亮をひとり車に残すと、小走りで廃車置き場の脇へと姿を隠す。

その隙に亮は助手席に乗り移り、グローブボックスを開け、中を物色する。真っ先に目に飛び込んできたのは万札が数枚。亮はそれを素早くズボンのポケットに突っ込む。

さらに奥まで手を伸ばして探ると金属片にぶつかる。引っぱり出してみるとスパナであった。

亮は手の中のそれを見つめた後、ドアのサイドポケットに忍ばせる。

しばらくして村瀬が戻ってくる。

運転席に乗り込む村瀬。

亮は何食わぬ顔で助手席のシートを倒すとくつろいでいる振りをする。

村瀬も運転席のシートを倒し、背中を伸ばして寝そべる。

村瀬に背を向け背中を丸める亮。

と、間を持て余したのか村瀬が話しかけてくる。

「おまえとふたり、こうしているのも何年ぶりかな。おまえはまだ初なガキだった。童貞だったんだろ？　おれが初めての相手だよな」

運転席から亮の腰に手が伸びてくる。

「どうだ？　久しぶりにやるか？」

村瀬は助手席の亮の方へじりじりと身体を寄せてくる。

亮は先ほどドアのサイドポケットに隠したスパナに手を伸ばす。

村瀬が亮の腰に乗っかろうと、身体を持ち上げる。

亮はしっかりとスパナを握りしめる。

村瀬が得意げににやけながら亮の顔をのぞき込んでくる。

や否や、亮は村瀬の額目がけてスパナを振り下ろす。

「うぇ！」

村瀬は悲鳴を上げて頭を抱え込む。

亮は村瀬がひるんだ隙に素早く上半身を起こすと、今度は後頭部に一撃を食らわす。

当たり所が悪かったのか、村瀬のでかい図体はすっかり伸びてしまった。

亮はスパナを取り落とす。

ぴくりとも動かない村瀬。亮が背を揺すろうとも反応がない。

村瀬は死んでしまった、村瀬を殺してしまった、そう思い込んで疑わない亮。

すっかり動転した亮は助手席のドアを開け飛び出していこうとする。

が、思いとどまる。

亮はうつぶせに倒れ込む村瀬の肢体を力いっぱい転がして仰向けにし、震える手で村瀬の懐を探り、例のＵＳＢメモリーを取り出す。

それをズボンのポケットにねじ込むと、今度こそ亮は車から飛び出していく。

亮は一目散に廃車置き場から走り去った。

とにかく、先生を探さなければ。亮はそのことだけで頭がいっぱいだった。

亮は闇雲に突っ走って、やっとのことで地下鉄構内の出入り口へとたどり着く。

疲労困憊の亮は身体を休めつつ、出入り口付近でうずくまり地下鉄の始発再開を待った。

ようやく地下鉄が再開し、始発に乗って亮は都心へと向かう。

途中、駅構内の売店に立ち寄る亮。そこで携帯電話用ストラップを手に入れる。ふわふわのボアのついた携帯ストラップだ。

亮はボアの縫い目の隙間からＵＳＢメモリーを中にねじ込み隠した。そしてそれをズボンのベルトループに結わえ付ける。

記憶を頼りに亮は先生が収容されているであろう病院を探して回る。何ぶんうろ覚えだったため、結局二日がかりで都心をくまなく歩き回った挙げ句、やっとのことで先生の居所を捜し当てた。


「そこが、つまり泉が勤務医として勤めている基幹病院だったんだな」

季生は偶然のいたずらに、ただただ呆れうなだれる。

「そう」

「そこで泉と鉢合わせしたというわけか」

杏介はうなずく。

亮は見舞いに訪れた面会客を装って病院に入り込み、入院病棟から外来の診察室まで片っ端からのぞいて回った。

ついに亮は先生の姿を見いだす。

車いすに乗せられ看護師に押され廊下を行く先生ときたら、目はうつろで生気がなく、まるで魂を抜かれた屍のよう。

あれだけこてんぱんに伸されたのではただでは済まないとわかってはいたものの、廃人さながらの有様をその目にし、亮は少なからぬショックを受けた。

何とかして先生を病院から連れ出さなければ……それにはまず車が要ると、早速車の調達に向かう。

路上で適当な車を品定めする亮。身体の自由の利かない先生を簡単に乗せられて、しかもセキュリティのあまい車。そうして目を付けたのが白の小型のステーションワゴンだ。ポンコツ寸前ではあるが、これなら亮の手に負えそうだった。

狙いが定まったところで、かつて不良仲間から教わった盗難テクニックを駆使し、首尾良く車を盗み出す。

次の日、亮は盗んだ車で病院の駐車場に乗り込む。

亮は病院に忍び込むと、先生を病院から連れ出す機会をうかがう。

すると、先生が車いすで診察室のひとつに連れていかれる。そこは精神科医和貴泉の診察室であった。

亮が診察室近くの廊下でしばらく見張っていると、病棟から緊急呼び出しがあり、和貴医師が診察室を飛び出していく。

千載一遇のチャンス到来。この機を逃すまいと、亮は診察室に忍び込む。幸い看護師も不在らしい。

室内には先生がぽつんとひとり、車いすに座らされていた。

「先生。おれだよ、亮だよ。ここから出してあげるから」

先生はどんよりとした目で、亮の声にも反応を示さない。

亮は車いすの後ろに回り込むと、診察室の扉のそばまで押していき、上着のフードを目深に被って、できるだけ顔を覆う。

病院の職員に気づかれる前に、できるだけ速やかに院外に脱出せねばと、亮の車いすを押す手に力が入る。車いすは廊下を滑るように走りだす。

勢いづいたまま廊下の角を曲がると、出会い頭に女医と衝突しそうになる。診察室に戻る途中の和貴医師である。

すんでのところで和貴医師が身をかわし、車いすにはぶつからずに済んだが、廊下の壁にぶつかって、さらにその反動で和貴医師の肢体は亮の方へとよろめく。

和貴医師と亮は一瞬目と目が合い、身体と身体が触れあう。

廊下の床に倒れ込む和貴医師。

亮はなりふり構わず車いすを押して、病院のエントランス目指して一目散に駆け抜ける。

院外へ出て誰も後を追ってこないことを確かめると、亮は駐車場へ向かう。

盗んだステーションワゴンの後部に車いすを止め、ハッチを開ける。先生の身体を車いすから持ち上げると、後ろの荷台に横たえる。

ハッチのドアを閉めると、運転席に乗り込み、ダッシュボード奥のワイヤー類をいじって手早くエンジンを掛けて車を発進させる。

空になった車いすを駐車場に残し……。

どうにかこうにか先生を病院から連れ出すことに成功した亮。が、ここから先どうすればいいのか途方に暮れる。

先生の身体のことを考慮すると、一刻も早くどこかゆっくり休める場所を確保せねばならない。

　とはいえ、ふたりが犯してしまった重大犯罪を考えると、今さらマンションへは戻れない。先生が職場から持ち出した外交機密文書の件にせよ、亮がスパナで村瀬を殴り殺してしまった件にせよ、いずれにしても、もうすでに警察の手が回っているかもしれない。

　となれば、もはや隠れ家となりそうな場所と言えば、亮には一カ所しか思い浮かばなかった。あまり気は進まなかったが、背に腹はかえられない。他に当てもないので取りあえずそこへ向かうことにする。


　亮は運河沿いの小径にステーションワゴンを停める。

　ここは桟橋近く。艀《バージ》は変わらずそこにあった。

　それはかつて亮が売春を強いられ、村瀬がアジトとして使っていた作業用運搬艀。

　思い出すのもはばかられる記憶が、封印したはずの記憶が、否が応にも亮の脳裏によみがえる。

　千々に乱れる胸の内をぐっとこらえつつ、亮はハッチを開け、先生の身体を車からいったん地面に降ろしてハッチを閉める。

先生の上半身を両腕に抱え、先生の両足を引きずって桟橋を渡り、ようやくのことで艀へと運び込む。

亮がこの艀に戻ったのは一年ぶりのことである。船内は掃除も片付けもされず、どこに何があるのやらわからないほど散らかり放題になっていた。

亮はくたびれたカウチを見つけると、座面に無造作に積み上げられた荷物をすべて船内の隅に追いやり、先生を横たえる。

亮はほっとため息をつく。

ようやく先生とふたりきりになれた。

哀れにも満身創痍で正体もなく昏々と眠り続ける先生。

亮を守るため、身体を張って命を賭して闘ってくれた先生。

つかの間ではあるが安堵と安らぎを得て、亮は先生の傍らに突っ伏しそのまま寝込んでしまった。

真夜中、亮ははたと目を覚ます。

「センセイ……」

亮の呼びかけに、これまで外界からの刺激にまったく反応を示さなかった先生が、正気を取り戻す。

亮は先生の額を撫でる。

能面のごとく表情のなかった先生の顔に、穏やかな微笑みがよみがえる。

先生は亮の肢体を抱き寄せる。

それだけで亮の心は満たされていく。

この瞬間が永遠に続くのなら……それがかなわぬのなら、せめてこの瞬間にふたりで死ぬことができれば……どんなにか満ち足りた生涯であろう。

無情にもこの瞬間は、ふたりを現在に置き去りにし過ぎ去っていく。先生の意識が戻った今、可及的速やかにこの艀から立ち去らねばならない。

先生は思うに任せぬ身体を押して、亮の助けを借りて身支度をする。

亮は先生を支えつつ桟橋を渡り、ふたりは再びステーションワゴンに乗り込む。

先生は助手席に。亮は運転席に。

こうしてふたりは最後の逃避行へと旅だった。


「深夜一時頃だったと思う。バイパスを抜けて峠のスカイラインを車で走っていた。おれ、車の運転には結構自信あるんだぜ」

杏介は静かに語る。

「おれ、先生と一緒にどっか静かなところで暮らしたいって話してたんだ。すると先生は急に声を荒らげて、もう何もかも取り返しがつかないだとか、手遅れだとか、妙なこと言い始めて……先生は泣いてるみたいだった。涙で頬が光ってた」

「なぜ?」

季生は尋ねる。

杏介は横に首を振る。

「わからない」

「下り坂に差し掛かったところだった。ブレーキの利きが悪くて、坂道を下るにつれてどんどんスピードが増していって……」

ふたりの間に沈黙が流れる。

「突然先生が運転席の方に乗り出してきて、こうするしかないんだ!て叫びながら、おれを押しのけるといきなりアクセルを踏み込んだんだ。で、そのままガードレールを突き破ると、車ごと崖下の林に落っこちた。車は何度も横転してめちゃめちゃに壊れた。おれは何とか車から脱出して、先生を助け出そうとしたんだけど、おれひとりではどうにもできなくて……そうこうしてる間に車が燃え始めて、あっという間に爆発。おれは吹き飛ばされた」

「で、その事故の後、おまえは山林を歩き回って、この廃車場にたどり着いたってわけだな」

季生がそう尋ねると、杏介はただ黙ってうなずく。

と、感極まって杏介は嗚咽する。

「おれは大切な人を死なせてしまった」

季生は杏介を抱きしめる。

身も世もなく慟哭する杏介。

季生は杏介の背中を撫でてやる。

季生は杏介の感情が落ち着くまでただひたすら寄り添うより他なかった。

ようやく杏介は泣き止み始める。

「おれ、もうめちゃくちゃだよ。先生も失って……それに人殺しだし」

「村瀬のことか？　それならおまえが殺したんじゃない」

杏介は泣きはらした目で季生を見る。

「おまえに殴られたくらいで村瀬は死んだりするようなたまじゃない。気絶してただけだ。村瀬は他の誰かに拷問された後、車のトランクに閉じ込められて海に沈められ溺死させられたんだ。プロの仕業だ」

季生はにわかに真剣な顔つきに変わり、杏介に向かい合う。

「今は何よりもおまえのことが心配だ。村瀬を殺したやつは機密情報を狙っている人間に違いない。どこかの国の諜報機関の工作員かもしれない。いわゆるスパイだな。村瀬のような三下の悪党なんぞ足下にも及ばないほど冷酷きわまりないやつだ。目的のためなら手段を選ばない」

眉間にしわを寄せ険しい表情の季生。

「犯人は村瀬を拷問した際に、おそらくはおまえのことも聞き出しているだろう。おまえの身にいつ危険が及ぶとも限らない」

「そんな……」

杏介は戦慄を覚える。

「おれ、どうすればいいの？」

杏介は季生にすがりつく。

「あのＵＳＢメモリーだ。あれをどこへやった？」

「わからない。先生を艀に連れてった時にそこで落としたかもしれない……」

杏介は口ごもる。

「とにかく村瀬のアジトの艀に行ってみよう。案内してくれるな？」

杏介は深くうなずく。

「すぐにでも出発しよう」

＊　＊　＊

昨夜の嵐は嘘のように、今朝の空はすっかり晴れ上がっている。

雨で洗われた林の木々の梢は、朝日を浴びてきらきらと輝いている。嵐の名残が少しばかり水たまりとなって地面のところどころに点在している。

季生はバイクを、廃車場からプレハブの前まで押して出してくる。プレハブ前にバイクを停めると、季生はジャンパーのポケットを探る。

昨日泉から預かった内用液のアンプルを確認する。万一杏介が発作を起こした時のために念のため持参することにする。

ついでに廃車場から持ってきた物を確認する。

特殊警棒だ。

この先何が待ち受けているのか想像もつかない。こんな物で太刀打ちできるかなんて保証はない。が、できる限りの武装をし用心するに越したことはない。

バイクのハンドル部に特殊警棒を装着する。

しばらく待機していると杏介がプレハブから出てくる。

「おまえに渡しておきたいものがある」

季生は懐から予備のプリペイド式携帯電話を取り出し、杏介に手渡す。

「おれのスマホの番号が登録してある。何かあったらすぐに連絡するんだぞ」

不安げに表情を曇らせる杏介。

「心配するな。お守りみたいなもんだ」

杏介は大きくうなずくと、携帯電話をズボンのポケットにしまい込む。

季生はバイクのエンジンを掛ける。

ふたりはヘルメットを被りバイクに跨がる。

村瀬のアジトの艀に向けて廃車場を出発する。

スロットルを全開にし加速させていく季生。

バイクで風を切っていると、季生の胸の内は洗われていく。

杏介が抱える艱難に比べれば、季生の苦悩など物の数には入らない。

詮ないことにとらわれて、くよくよと思いわずらい、由なし事を考えあぐねるのはやめにしよう。

今はただ目の前の課題に専心するのみ。

もはや季生に迷いはなかった。

峠を下り、郊外を抜け市街地に入ると、バイクは運河沿いを進む。杏介の案内のおかげで、思いの外スムーズに目的地に到着した。

季生は運河沿いの小径にバイクを停車させる。そのすぐ脇には栈橋があり、村瀬のアジトである作業用運搬艀を発見した。

ようやく事件の全容解明に向け、実質的な第一歩を踏み出せた。

原田からやいのやいのとせっつかれていただけに、季生としては面目が立ったというものだ。

そういえば以前原田がこんなことをこぼしていた。杏介が今回の事件に関わっているのではないかと。穿った見方だと季生はその時は取り合わなかったが、図らずも原田の推理は正しかったと証明されたわけだ。

艀をあらためて見つめる杏介。

日の高いうちに艀を訪れることはめったになかったので、杏介の目にはまったく別物のように映っていた。白日の下にさらされた艀は、他の艀や砂利運搬船に紛れて辺りの景色に完全に溶け込んでいる。

杏介が桟橋を渡ろうとすると、季生が制止する。

「ちょっと待った。船内に誰かいるかもしれない。おれが先に偵察に行く」

季生はバイクから特殊警棒を取り、先に立ってできるだけ音を立てないよう慎重に桟橋を渡る。

艀に乗り移ると、デッキから船室の窓をのぞき込んで室内を確認する。中は薄暗く、人が潜んでいる気配はない。

季生は杏介を手招きする。

杏介は慣れた足取りで桟橋を渡ってくる。

季生が船室のドアを開けようと取っ手に手を掛けると、扉はひとりでに開いていく。

鈍い音を立てドアが開ききり、季生と杏介は船内へと踏み込んでいく。

「どうなっているんだ……」

季生は呆然とする。

船内はまるで暴風雨にでも見舞われたかのごとく荒れ放題になっているではないか。

「おれが先生と一緒にここに来た時には、散らかってはいたけど、こんなではなかった」

足の踏み場もないほど荒らされた船室に季生は分け入っていく。

「どうやら先客があったようだな」

季生は眉をひそめる。

「先客って?」

不安げに尋ねる杏介。

「機密文書を狙っているやつのことだよ。そいつはここまで来たということだ。ここで家捜ししていったのだろう。この分だと見つけたかもしれないな」

「何を?」

「何をって、決まってるだろ。機密データの入ったUSBメモリーをだよ」

杏介のとんちんかんな返答に首を横に振る季生。

「だとしたらどうなるの?」

「日本の外交上の安全が脅かされるかも」

「それって重大な問題?」

「かなりね」

ことの深刻さに杏介の顔色が変わる。

「もしもまだそいつが、そのUSBメモリーを見つけていなかったとしたら?」

「そうだな……今でも血眼になって探しているだろうな。おまえの居所を突き止めるのも時間の問題かもしれない」

季生ははっとして杏介の方を振り返る。

「まさか、おまえ、まだ……」

杏介はにわかにガタガタとその身を震わせ始める。

「おい！　しっかりしろ」

杏介の顔からは、見る見る血の気が引いていく。

季生が駆け寄った途端、杏介は季生の腕に倒れ込む。

季生はすぐさまにジャンパーのポケットから内用液のアンプルを取り出す。

季生は急ぎ封を切ると、中身の液体を杏介の口に流し込む。

薬が功を奏し、程なくして振戦がとれ、杏介は落ち着きを取り戻す。新鮮な風に当たらせようと季生は杏介を船室からデッキへと連れ出す。

杏介はデッキにへたり込む。

「おまえ、まだＵＳＢメモリーを持っているんじゃないだろうな？」

季生はさっき言いかけた疑問の続きを杏介にぶつける。

杏介は首を大きく横に振る。

「おれは持っていない」

「じゃ、どこか心当たりがあるんだな」

「ごめんなさい……」

杏介は声を詰まらせる。

「泣いてる場合じゃない。どこへやったんだ？」

「先生が誰にも渡しちゃいけないって言ったから……だから」

杏介の意識が遠のいていく。

「眠っちゃだめだ！」

季生は平手で杏介の頬を叩き、身体を激しく揺さぶる。

正気に返る杏介。

「本当は病院に先生を迎えに行った時に、そこに置いてきたんだ」

杏介の思いがけない言葉に季生はさらに詰問する。

「そこって具体的にはどこなんだ？」

「先生がいたあの女医さんの診察室。絶対見つからない安全な場所を探してたんだ。そしたら置きっぱなしになっていた白衣が目について……」

「で、咄嗟に白衣のポケットに隠したんだな？」

杏介はうなずく。

「女医さんなら見つけたとしても無下に捨てたりしないだろうから」

「そうだろうとも。泉なら捨てたりしない」

「ほとぼりが冷めたら取りに戻ろうと……」

杏介は口ごもる。

そういえばいつぞや泉が話していたことを季生は思い出す。

身元不明の患者が見知らぬ少年によって診察室から連れ去られた。その後、白衣のポケットに見覚えのない携帯ストラップが入っていたと。

その時季生が見せられたのは、確かふわふわのボア付き携帯ストラップだった。

泉が危ない。

季生はジャンパーの内ポケットからスマートフォンを取り出すと、泉に電話をかける。

「出てくれ……」

季生は祈るように呼び出し音を聴いている。

季生の祈りもむなしく、不在者着信につながる。おそらくは仕事中のため、携帯端末は控え室かどこかに置いてあるのだろう。

「くそ！」

季生は思わず杏介の襟首に摑みかかる。

「泉に何かあったら、ただじゃおかないからな！」

と、季生のスマートフォンが鳴る。

泉からのコールバックだ。

季生は電話に出る。

「泉！　無事だったか」

季生が勢い込んで電話口に出てきたものだから、泉はいささか驚いている様子だった。

『やだ、どうしたの？』

泉のいつもの明るい声を耳にし、季生はほっと胸をなで下ろす。

『ちょうどよかった。こっちから連絡しようと思ってたところ。実は、あまり無事とは言えない状況なの』

「どうした？」

『今朝病院に出勤したら大変なことになってて……今警察が捜査に来ているんだけど。きっと季生と杏介くんにも関わることだと思う』

泉は事の次第を説明する。

『夜間に何者かが病院に忍び込んだらしく、医局スタッフの更衣室、控え室、診察室なんかが荒らされていたの。それはもう、嵐が過ぎ去った後みたいな惨状よ。けど、信じられないことになくなったものや盗まれたものはひとつもないの』

泉は話を続ける。

『さらに腑に落ちないことには、杏介くんが無断で病院から連れ出した例の身元不明の患者さん。彼と関わった職員、わたしも含めてだけど、そのロッカーやデスク、診察室が特に念入りに荒らされてたの。まるで何かを探してたみたいに』

季生の背中に戦慄が走る。

『今朝になって看護師のひとりが話してたんだけど、実は昨日医局に刑事を名乗る男が事情聴取に来たんですって。この患者さんについてあれこれ尋ねていったそうよ。特に彼の治療に携わった担当医や担当スタッフの名前や身元の詳細について。でも、たった今警察にその話をすると、警察からはそのような刑事は差し向けていないし、応対した看護師が刑事の名前を告げると、そんな名前の刑事はいないっていうの。つまり昨日医局に来た男は偽刑事だったってこと』

泉の話に、季生はいよいよ恐れていた予感が的中したことを自覚する。

『わざわざ刑事を装って、あらかじめ病院の内情を聞き出したうえで家捜しするなんて、随分念の入ったこと。しかも、まだるっこしい手間暇をかけておきながら何も取らないなんて……いったい何者なの？　何が目的でこんな手の込んだことを？』

泉に魔の手が迫っていることを危惧する季生。

『季生、聞いてる？』

「ああ、もちろん」

『そもそもあの患者さんは誰なの？　杏介くんとの関係は？　季生の方で何かわかったことはあったの？』

泉に言われるまでもなく多くのことが明らかになりつつある。

とはいえ、患者の正体は外務省の高官で、彼が違法に持ち出した外交機密文書を某国の諜報機関の工作員が入手しようと奔走しており云々、なんて説明するわけにはいかない。

「おれにも詳しいことはまだ見えてこない」

季生は当たり障りのない返事をする。泉にはすべての事情を伏せておくのが賢明であろうと判断しての返事だった。

「以前白衣のポケットに見覚えのない携帯ストラップが紛れ込んでたって言ってたろう。あれまだ持ってるか？」

『杏介くんがあの患者さんを連れ出したすぐ後で、白衣のポケットの中で見つけた、あれ？』

「そう、ふわふわのボアのついた」

『ちょっと待って。確かバッグの中に……あったわ。これは例の身元不明の患者さんの所持品ではなかった。杏介くんが置いていったものなの？　犯人はこれを探していたの？』

「今の段階では何とも言えない。が、それがあれば何かわかるかもしれない」

『だったら警察の人にこれまでの成り行きを話して、託したらどうかしら？』

そんなことしようものなら、事が拗れて後で面倒なことになりかねない。外交上の事情が絡むだけに、季生としては公にはできる限り伏せておきたいところ。

「いや、直接おれが受け取りたい」

とは言うものの、季生のようなキャリア組が下手に乗り込んでいこうものなら、かえって現場の警官たちに勘ぐられるのは必至だ。

適当な理由を付けて、どこか別の場所に泉を誘い出さねば。

「また偽警官が紛れ込んでいたらことだ。今から病院を抜け出せないかな？」

『そうね。今日は一日仕事になりそうにもないし、わたしの事情聴取は済んだから、何とかなると思う』

「おれは今、杏介とふたりで、バイクで出先にいるんだ。一時間後に地下鉄駅の五番出入り口で落ち合うってことでどうだろう？」

『わかったわ。今から病院を出て地下鉄に乗るから』

「誰かが君の後をつけてこないとも限らない。くれぐれも用心してくれ」

『うん。じゃ、一時間後に』

季生は電話を切る。

季生は大きくため息をつく。

「大丈夫か？」

季生は優しく杏介の背中を撫でる。

「さっきはすまない。言いすぎた」

杏介は黙って首を横に振る。

「もうおれに隠していることはないな？」

杏介は深くうなずく。

「さ、立てるか？　こんなところからはさっさと出よう」

季生は杏介を助け起こす。

「今から泉に会いに行くから」

ふたりは桟橋を渡って艀を後にする。

＊　＊　＊

「まったく、時ともなしに。いつもこうなんだから」

通話を切ると、泉はやれやれと肩をすくめる。

珍しく季生の方から電話をよこしてきたかと思ったら、泉の都合などお構いなしに今すぐ会いたいと言う。そうして一方的に用件だけ告げると早々と切ってしまう。季生らしいと言えば季生らしいけれど。

いつもは大抵泉の方から連絡を取っている。泉としてもご機嫌伺いだの安否確認だのと他愛のない理由にかこつけているだけで、その実、声を聞きたいだけなのだが……。

ただし、今回ばかりは事情が違う。季生は努めて冷静を装ってはいるが、厳しい口調や声の調子から察するに、切羽詰まった状況がひしひしと伝わってきた。

「それにしたって、尾行されるだなんて。スパイ映画じゃあるまいし、大袈裟よね」

泉はバッグから例のふわふわのボア付き携帯ストラップを取り出し、手のひらにのせる。

「こんなものがね……」

泉は手の中でボアを何とはなしに転がしたり握ったりして弄んでいると、中に何か固いものが入っている感触を覚える。指先でボアの縫い目をほじくってみると、中からＵＳＢメモリーの接続部が頭をのぞかせる。

「これは……」

泉は慌てて元の状態に押し込む。

高をくくっていたのが一変、事態は退っ引きならないことを泉は直感する。

季生の懸念はどうやら杞憂ではなさそうだと感じ、泉はボア付き携帯ストラップをバッグにしまい、代わりにスマートフォンを取り出す。

誰かに助けを求めなければ。季生はいつもながらひとりで事態を打開しようとしているに違いないからだ。

真っ先に思いついたのはもちろん原田だ。原田なら季生の力になってくれるに違いない。

泉は呼び出し音を鳴らし続ける。が、不在者着信につながる。

「もう、こんな時に限って……」

泉は電話を切る。

とにかく、今は季生との待ち合わせ場所に行くしかない。

泉はスマートフォンをバッグにしまう。

泉は廊下ですれ違った同僚の医師を呼び止め、そばに寄ってこっそり耳打ちする。

「ちょっと一、二時間ほど空けるけど、いい？」

「いいよ。何かあったら連絡する」

「頼んだわ。よろしく」

泉は細心の注意を払いつつ人目に付かないよう病院を後にする。地下鉄の駅へ向かう途中も、背後に誰か見知らぬ者がついてきていないか、後ろを振り返る。

今のところ誰もついてはいないようである。

念のために泉はわざと回り道をし、人気のない生活道路へと入っていく。

泉はいまだかつて感じたことのない気配を覚える。不気味さとも恐怖ともつかぬ得体の知れない何か。

辺りを見回せど、それらしき人影はまったくうかがえない。姿なき追跡者に泉は思わず足がすくむ。

泉はバッグからスマートフォンを取り出し、季生に電話をかける。

しばらく呼び出し音が鳴るも、不在者着信につながる。

泉は電話をいったん切ると、すかさずかけ直す。

今度は原田に。

が、またしても不在者着信になった。

「もう、ふたりして。肝心な時に頼りにならないんだから」

泉は電話を切ると、いよいよ腹をくくる。

バッグにスマートフォンをしまうと、駆け出さんばかりの早足で歩きだす。パンプスのヒールの音がこつこつこつと路上に響き渡る。

泉はちらりちらりと時折後ろを振り返る。

やはり気のせいではない。人影が泉の後をつけてくる。泉の胸が早鐘を打つのは急ぎ足のせいばかりではない。

逸る気持ちを抑えつつ地下鉄の駅を目指す。

ようやく地下鉄の駅の入り口にたどり着き、階段を下りる。

膝ががくがくしながらも、泉はバッグから取り出した定期パスを自動改札機にかざし、速やかにプラットホームへと降り立つ。

混雑に紛れ、駅構内の柱に身を隠し、電車を待つ泉。

いつ何時尾行の人影が忍び寄ってきやしないかと気が気でない。

しばらくするとプラットホームに電車が入ってきた。

泉は車両に乗り込み、ひとまずほっとする。

が、それもつかの間、きっとあの人影も泉とともに電車に乗り込んでいるに違いないと思い、いてもたってもいられなくなる。席は十分に空いているにもかかわらず、立ったまま辺りに神経を張り巡らす。

泉はふと思い立つ。

バッグを引ったくられないとも限らない。

泉はバッグから例の携帯ストラップを取り出し、定期パスをジャケットのポケットに入れる振りをして、ストラップをポケットに移し替える。

何駅か過ぎて、季生との待ち合わせの駅に到着する。

車両はプラットホームに滑り込み、停車する。扉が開くや否や、泉はプラットホームに飛び出す。

乗降客の人混みに巻き込まれないよう、泉は我先に改札口へと向かう。

一目散に五番出入り口目指して駆け出す。

地下の通用路を、泉は後ろを振り返ることなく、ただひたすら走り抜けた。

泉の耳に届くのは、自分の息づかいと地下道に反響するパンプスのヒールの音だけ。

地上へと上る階段が見えてくる。小走りで乗降口の階段を駆け上がる泉。

日の光が泉の瞳に飛び込んでくる。ようやく地上にたどり着いたと思ったその瞬間だった。

背後から泉の腕を摑む手があった。

振り返ると、見知らぬ男が泉を階段の方へ引きずり落とそうと腕を引っ張っているではないか。

泉は咄嗟に手持ちのバッグで男の顔を思いっきり引っぱたく。

男がひるんだ隙に泉は男の腕を振り払うと身を翻す。

が、別の男が乗降口に立ちふさがる。

男は泉を捕まえようと腕を広げるも、泉は身をかわし男の腕の間をすり抜ける。

男たちは背後から泉を羽交い締めにしようと襲いかかる。

泉は間合いを詰められないようバッグを振り回す。

と、交差点の向こうでは信号待ちをしている季生のバイクが。

「季生！　季生！」

泉は声の限りを振り絞る。

交差点を行き交う車の騒音の中から、季生は泉の叫び声を聞きつける。

「泉！」

交差点を見回す季生。
男のひとりがバッグを掴むと泉の手から引ったくる。
バッグを引っ張られてつんのめった泉を、もうひとりの男が捕まえる。
男の腕から逃れようと、泉は力の限りもがき暴れる。
泉の抵抗などものともせず、男は軽々と泉を持ち上げる。
「季生！」
叫喚する泉。季生が泉の姿をとらえた瞬間だった。
季生の目の前で展開されるストップモーション。
それは一瞬の出来事だった。
男は泉の肢体をガードレールの向こうの車道目がけて放り投げる。
そこへ猛スピードで接近する一台のバン。
泉の身体はバンのフロントバンパーに衝突。
バンは泉をはね上げる。
泉の身体は紙人形のごとく宙を舞うと、十メートルほど先の路面に叩きつけられた。
季生は呆気にとられる。
バンは急停車する。

バンの後部ドアが開く。

男たちは泉から奪い取ったバッグを持ってバンに乗り込む。バンは急発進するとその場を走り去った。

白昼の惨劇に居合わせた歩行者も車も騒然となる。

赤信号であろうがかまわず、季生は道路に横たわる泉のそばへバイクで乗り付ける。

あまりの衝撃的な光景に、季生は目の前の事実を現実のこととして受け入れられない。

感情の閾値を超えてしまい何も感じられない。

テレビの向こうのどこか遠い世界か、あるいはまるで別次元の出来事のごとく季生の目には映った。

季生はバイクを降りると泉のもとへ駆け寄る。

杏介もバイクから降りて季生についてこようとする。

「そこにいるんだ」

季生は杏介をバイクのそばを離れないよう制止する。

人だかりが歩道から車道へと近づいてきたかと思うと、見る見るうちに季生と泉を取り囲む。

「警察だ。みんな車道から下がって」

季生は周囲に警察証をかざし、群がる野次馬を遠ざける。

季生は泉のそばにひざまずくと、ゆっくりと泉の肢体を仰向けにし、気道を確保する。

泉の顔をのぞき込む。

満身創痍の泉。息絶え絶えではあるが、わずかに意識があった。

季生の顔を見ると、泉は何か言おうとする。

「しゃべるんじゃない。今助けを呼ぶから」

季生はスマートフォンを取り出すと警察署に連絡する。

「地下鉄駅前交差点でひき逃げ事故発生。負傷者一名。至急応援のパトカーと救急車をよこしてくれ」

季生が電話をかけている間に、泉は最後の力を振り絞り、ジャケットのポケットからボア付き携帯ストラップを取り出す。そして、季生のジャンパーのポケットにそれをそっと忍ばせる。

季生は電話を切り、今一度泉の顔を見る。

泉は意識を失っていた。

「泉！　しっかりしろ！」

季生は必死に呼びかける。

程なくして、遠くからサイレンの音が近づいてくる。

救急車とパトカーは互いに呼応するかのごとくサイレンを鳴り響かせ、事故現場の交差点へと入ってくる。

サイレンのけたたましい音が、泉に呼びかける季生の声をかき消す。

救急車が季生のそばで停車し、サイレンが止む。

救急救命士たちは手際よくストレッチャーを下ろし、季生は泉のそばから遠ざけられる。救急救命士たちは泉のそばにひざまずき、救命処置を施す。

駆けつけた警官に季生はひき逃げ事故の経緯を説明する。

季生は救急車の運転手に泉が近くの総合病院に勤務する医師であることを告げ、その病院には泉のカルテもあって、すべての事情を把握しているのでそこへ搬送するよう依頼する。

救急車に同乗するかどうか尋ねられたが、季生は後からバイクで駆けつけると言って断る。

バイクのそばで事の成り行きを見守っている杏介。

押し寄せる人垣に呑まれていく。

と、杏介の背後より迫る手。

男が杏介の口を手でふさぐ。不意を突かれた杏介は抗ういとまもない。

男は杏介を力尽くで抱え上げる。助けを呼ぶ声も上げられないまま、杏介はあっという間に連れ去られてしまった。

混乱に乗じた深刻な事態が進行しつつあるというのに、季生は気づかなかった。携帯電話で泉の家族に連絡を取り、泉がひき逃げ事故に遭ったことを知らせている。

さらに原田にも。

季生の一報を受け、動揺を隠せない原田。心なしか声がうわずっている。

大概のことには動じず飄々としている原田だが、衝撃を受けているのが電話口からも伝わってくる。

『泉から着信があったのに、おれ、出られなかった。こっちから何度もかけ直したんだが……とにかく病院に向かうよ』

そう言うと一方的に電話を切る原田。

季生はストレッチャーに乗せられる泉をかたずを呑んで見守った後、遠ざかるサイレンとともに走り去る救急車を見送る。

そして、季生ははっと辺りを見回す。

杏介が見当たらない。

「杏介！」

群衆をかき分け探し回る季生。

「十七、八歳くらいの少年を見ませんでしたか？」

手当たり次第に尋ねるも皆首を横に振るばかり。

とある人が救急車に一緒に乗っていったのではないかと季生に告げる。その言葉を鵜呑みにし、季生はひとまず病院へ向かうことにする。

バイクに跨がると事故現場を後にした。

＊　＊　＊

泉が収容された基幹病院。

邪魔になろうが駐車違反であろうがお構いなしに、バイクをエントランスに乗り捨てると病院内へと駆け込む。

季生が緊急救命病棟へ駆けつけると、すでに原田が到着していた。

手術室の前で落ち着きなく右往左往している原田。季生を目にするとかみつかんばかりに寄ってくる。

「今、オペの最中だ。いったいどうしてこんなことに……」

季生は辺りを見回す。

「杏介は？　来ていないか？」

季生の言葉を聞くなり、原田は烈火のごとく怒りだす。

「開口一番杏介とは何だ？　泉のことは心配じゃないのか？」

「そんなわけないだろ」

「じゃあ何だってあんなガキのことが気になるんだ？」

原田は思いあまって季生の襟首に摑みかかる。

「おまえの中の優先順位はどうなっているんだ？」

「これにはわけがあるんだ」

季生はここに至るまでの経緯を説明しようとするも、原田は頭に血が上って聞く耳を持たない。

「わけもへったくれもあるもんか。おれがおまえだったら泉をこんな目に決して遭わせやしない」

原田は季生の襟首を摑んだまま、廊下の壁に後頭部を押しつける。

「こんなことになるんだったら、おまえなんかに泉を譲るんじゃなかった。おまえみたいな薄情者に……」

と、そこへ手術室から救命処置を施した担当医が出てくる。

ふたりの抜き差しならぬ様子に驚く医師。

「まあ、ふたりとも落ち着いて」

我に返る原田。季生の襟首から手を離すと、ばつが悪そうに医師の方に向き返る。

「わたしの処置は終わりました。ここから先は専門医が引き継ぎ、脳と内臓の修復をします。まだ予断を許さない状態です」

医師は廊下を見回す。

「おふたりはご家族か身内の方ですか？」

季生と原田は顔を見合わせ、首を横に振る。

「ご家族の方はまだ来られてない？」

「今こちらへ向かっているところです」

季生が答える。

「わたしは和貴先生の同僚の外科医なんですが、もしかしておふたりのうちどちらか和貴先生のパートナーでいらっしゃるのでは……」

「わたしです」

季生はすかさず手を挙げる。

医師は少ししぶっていたが徐に口を開く。

「本来ならこういったことはご家族か身内の方にしかお伝えすべきではないのですが。でもまあ、ことがことだけに……誠に残念ですが、お腹の赤ちゃんは救えませんでした。事故の衝撃で流産してしまったんです」

「え……？」

茫然自失の季生。

「ご存じなかったのですか？」

そういえば、泉は話があると言っていたのを季生は思い返す。が、杏介の一件のどさくさで先送りになっていた。

「話があるって……このことだったのか。なんてことだ……」

衝撃の事実を耳にし、季生は力なくへなへなと壁にもたれかかる。

あの時、泉からもっと踏み込んで聞き出してさえいれば。

季生は己の愚かさと身勝手さにほとほと嫌気がさす。

どうしてもっと泉の話に耳を傾けてこなかったのか、どうしてもっと泉に真摯に向き合ってこなかったのか。

今や泉を未来永劫失ってしまうかもしれない事態に立ち至って、自分の馬鹿さ加減が身にしみる。

このままでは後悔しても後悔しきれない。

「先生、泉を助けてください」

季生は床に額ずかんばかりに頼み込む。

「全力を尽くしています」

とだけ言い残すと、医師は足早に立ち去った。


季生は壁にもたれ込んだままうなだれている。

原田はただ静かに手術室の扉を見つめている。

ふたりは視線を合わせることはなく、廊下には慌ただしく行き交う人々の靴音が響き渡るだけ。

やがて原田が沈黙を破って季生に尋ねる。

「いったいどうしてこんなことに?」

「すべては例の外交機密文書持ち出し事件に端を発する」

季生は真剣な面持ちで原田の問いに答える。

「おまえがおれに捜査協力を要請した一連の事件があったろう。外務省高官の失踪、山中でのステーションワゴン転落事故、埠頭での死体遺棄事件。これらすべては機密文書持ち出しと密接に関連があった。というよりむしろ、事件の全容そのものと言った方がいいかもしれない」

季生は原田に事件の一部始終を説明する。

外務省高官の長谷川斎は実はホモセクシャルで、妻とは別に男の愛人がいた。それが杏介こと上村亮だった。

上村亮はかつて男娼として売春を強要され、その元締めだったのが拷問され埠頭で死体で上がった村瀬誠だった。

村瀬のもとを逃れた亮は長谷川の愛人となり、ふたりは同棲していたが、直に村瀬に居場所をかぎつけられる。

長谷川が外務省高官と知った村瀬は金になるとにらみ、未成年者を愛人として囲っていることをネタに長谷川をゆする。

村瀬は機密文書を某国諜報機関の工作員に売り飛ばそうと画策し、長谷川に外交機密文書を持ち出させた。村瀬は機密文書が記録されたＵＳＢメモリーを手に入れると長谷川をめった打ちにし病院前に放置し去った。

が、亮の返り討ちに遭い、ＵＳＢメモリーは亮が手にする。

機密文書を入手し損ね、工作員との契約を反故にしてしまった村瀬は、拷問の末、車のトランクに閉じ込められ埠頭から海に沈められた。

一方、亮は長谷川を迎えに病院へ向かうが、長谷川の収容先の病院で、村瀬から取り返したＵＳＢメモリーを、たまたま忍び込んだ診察室に置いてあった白衣のポケットに隠した。

そうして亮が運転するステーションワゴンで長谷川と亮は逃走。

が、逃亡中の山道で長谷川が無理心中を図り、故意に車を崖から転落させる。長谷川は炎上する車内で焼死。難を逃れた亮は山中をさまよった挙げ句、季生が引きこもる廃車場に転がり込んだ。

「長谷川が収容された病院がたまたま泉の勤める病院で、亮が機密文書を隠したという白衣の持ち主があろうことか泉だったというわけだな」

原田の問いかけに季生は黙ってうなずく。

「で、そのＵＳＢメモリーは今どこに？」

「それなんだが、今朝になって長谷川の治療を担当したスタッフを中心にロッカーや詰め所が荒らされているのが発見された。おそらく機密文書を狙っているやつらが、村瀬から聞き出した情報をもとにここまでかぎつけてきたのだろう。が、ＵＳＢメモリーはそれとは知らずにずっと泉がバッグに入れて持ち歩いていた。そこで泉と落ち合っておれが預かる手はずになっていた。なのに連中ときたら泉の後をつけて、泉をあんな目に……」

季生はがっくりと肩を落とし頭を抱え込む。

「おれが悪かったんだ。うかつだった」

「おれにだって泉に対して責任の一端があるってことだ。今はただ待つしかない。つらいがな」

原田は季生の肩をぽんと叩く。

「ＵＳＢメモリーだが、今どこにあるのかはっきりしない。すでにやつらの手に落ちたのかもしれないし、さもなければ、やつらは今この瞬間にも血眼になって探し回っているだろうし……それに、あの気の毒な少年、杏介とやらもどこへ行っちまったのか探してやらんと」

午後を回って夕方になろうかという頃になっても泉の手術は依然として続いていた。

この頃には泉の両親を始め親族が続々と病院に駆けつけ、手術の経過をかたずを呑んで見守っていた。

泉が担ぎ込まれてからつきっきりだった季生と原田。さすがに疲労の色を隠せない。

ふたりを気遣って、泉の両親が一息入れるよう促す。

ふたりともずっと手術室前に張り付いていたものだから、電話連絡すらままならなかった。

季生はいったんその場を離れ、休憩所へと向かう。

杏介から連絡があるかもしれない。季生はスマートフォンをチェックしようとジャンパーのポケットに手を入れる。

と、指先に触れる物に季生ははっとする。

「これは……!」

季生は血の気が引くのを覚える。

震える手でそれをそっと握りしめるとポケットから取り出す。

手を開いてみる。

それは紛れもなくボア付きの携帯ストラップであった。

泉が命を賭して季生に託していたのだ。

その軽さときたら、まるで存在していないかのよう。

それゆえに今の今までその存在に気づかなかった。

が、今となってはその重みにすら耐えがたいほどである。

「ずっとそばにあったとは……」

これさえあれば……。

もちろん何をおいても真っ先に原田に引き渡すべきであろう。

無論、季生はみすみす渡してしまうつもりなど毛頭ない。これはやつらをおびき出す絶好の切り札となりうるのだから。

もしもこんな企みを原田に持ちかけようものなら血相を変えるに違いない。

が、季生には他に取るべき道はない。

泉を傷つけたやつらを逮捕して必ずや法の鉄槌を下してくれよう。場合によっては差し違えることとさえ厭わない。

季生は人知れず拳を固める。

突如、スマートフォンの着信音が鳴り響く。

ポケットからスマートフォンを取り出し、着信相手を確認する。

表示を目にし、季生の背筋に戦慄が走る。

それは泉からであった。

正確には泉の携帯電話の番号から発信されたものであった。

徐に季生は電話に出る。

電話口に出てきたのは男であった。

『やあ、刑事さん。誰からの電話かは言うまでもないだろう』

季生は黙って先方の出方をうかがう。

『泉さんの事故は残念だった。まだ生きているかな？』

電話口からの挑発的な言葉にかっとなる季生。

『君に電話をかけたのにには理由があってね。実は迷子を預かっている。亮くんのことはよくご存じだろう』

電話口からは少年の泣き叫ぶ声が。

『困ったことに、亮くんは何を尋ねても〝先生〟としか言わなくて。いや実によく持ちこたえているよ』

季生は思わず大声を上げる。

「その子に何をした？　無事なんだろうな？」

『今のところは。ただ君の出方次第ではどうなることやら……命の保証はない』

季生は努めて冷静を装い、声のトーンを抑えて尋ねる。

「どうすればいい？」

『我々が欲しい物は言うまでもないだろう』

季生は手の中の携帯ストラップを確かめるように握りしめる。

『今から指示する場所にそれを持ってくるんだ。そうすれば、亮くんは返してやる。必ずひとりで来い。ちょっとでも不審な点が見られれば、その時点で取引は中止。亮くんとは二度と会えない』

「わかった」

男は季生に物と杏介との交換場所を伝えると一方的に通話を切る。

季生はスマートフォンをジャンパーのポケットにしまうと、大きくため息をつく。

休憩所を出て、廊下の向こうの手術室をのぞき込む。

原田と泉の両親が何やら話をしている模様。

会話の内容に聞き耳を立てる。どうやら原田はいったん署へ戻るとのことである。季生にとっては好都合だ。

季生は原田にばれないよう先に病院を出発することにする。

急ぎ病院のエントランスに向かう季生。乗り捨てたままになっているバイク。

季生はバイクのスタンドを蹴ると、エンジンを掛けないまま公道まで押して出る。原田に排気音を聞かれないためにだ。

季生は何度もサイドミラーで後ろを確認する。後をつけてくる車はない。

季生は念のため環状幹線道路を周回すると、指定された取引場所へとバイクを走らせる。

＊　　＊　　＊

そこは埠頭のはずれにある古い倉庫街であった。

おそらくやつらは目的の物を入手すると、近くの港から密航し、逃亡をはかろうという手はずなのであろう。

黄昏時に近づき、次第に辺りの見通しが利かなくなってくる。季生はバイクの速度を落とし、注意深く倉庫街を徐行する。

と、指定の建物が見えてくる。

季生は建物の手前でバイクのエンジンを止める。

適当な物陰にバイクを停車すると、持参した特殊警棒を手に構える。ここからは徒歩で建物へと向かう。

さて、この事態にどう対処すべきか。

村瀬を拷問死させたこと、泉をひき逃げしたこと……これまでの一連の行動を考え合わせると、やつらがまともに取引に応じるとは考えがたい。

やつらにとっては任務遂行こそが至上命令。機密文書さえ手にすれば、他のことなどあずかり知るところではないだろう。

相手にするのは複数犯。特殊な訓練を受けているうえ、情け容赦なく目的のためには手段を選ばない。まともに張り合うのは正気の沙汰ではない。

杏介の奪還どころか、下手をすれば村瀬同様、杏介もろとも海中に沈められるだろう。

ひとりずつ片付けていけば、季生ひとりでも太刀打ちできるかもしれない。

季生は気づかれないよう夕闇に紛れて、そっと建物の脇に回り込み、割れたガラス窓から中をのぞき込む。

建物はトラス構造になっており、柱がない分、内部全体が見通せる。中は薄暗く、一見しただけでは人の有無はわからない。

目を凝らすと出入り口付近でひとり、歩哨に立っているのが見える。まずはあれから始末することにする。季生はガラス窓の割れた隙間から音を立てないよう慎重に建物内に潜入し、特殊警棒を構え、歩哨に背後から忍び寄る。警棒を振り下ろし、後頭部に渾身の一撃を食らわせる。

歩哨は声を上げる間もなく、その場に倒れ込む。

死にはしないだろうが、おそらく半日は伸びているであろう。だが、仲間が気づいて、すぐに寄ってくるに違いない。

季生は出入り口の扉の影に身を隠し、待ち伏せする。案の定、ひとりの影が建物内の奥の壁沿いから偵察のため近づいてくる。

今度の相手は間違いなく、かなり警戒している。銃などの武器をぶっ放されたのでは勝ち目はない。

季生は背中に脂汗が流れるのを覚える。手近にある拳大のコンクリート片を手に取る。偵察の影は季生の方へと音もなく近づいてくる。手元が時折きらりと光る。おそらく刃物を携行しているのであろう。

充分に偵察と間合いが詰まったところで、季生は手にしたコンクリート片を床に転がす。

一瞬相手の目がコンクリート片へと逸れる。その隙に季生は警棒で相手の手を殴りつける。

相手はナイフを取り落とす。すかさず季生は相手の額目がけて警棒を振り下ろす。もう一撃みぞおちにもお見舞いする。

敵はばったりと床に倒れ込む。

季生は大きく息をつく。

すると建物の奥の方から男の声がする。おそらく最後のひとりであろう。

こちらに呼びかけているようであるが、耳慣れない異国の言葉なので何を言っているのかは季生には理解できない。

返事がないのでは相手に警戒される。かといって言葉がわからないのでは返事のしようもない。

このままでは逃げられてしまうかもしれない。ここまで来て機を逃すわけにはいかない。

今度は季生の方から声の主のもとへと向かっていく。

建物の奥へ進むと薄暗がりの中、明かりが差すのが見えてくる。奥には小部屋があって、半開きの扉からは明かりが漏れている。

季生の気配に気づいたのか、部屋の中から男の声がする。が、またしても異国の言葉で季生にはその意味はわからない。

仕方なく季生は日本語で応答する。

「約束の物を持ってきた。人質は無事か？」

男は日本語で返してくる。

「おまえひとりか？　見張りの連中は？」

相手は相当焦っているのか声がうわずっている。

「おれひとりだ。中に入っていいか？」

「武器は持っていないか？」

「持っていない」

季生は特殊警棒をベルトに差して背中側に回し、背後に隠す。

季生はゆっくりと扉を押し開けると小部屋の中へと足を踏み入れる。

中に入ると局所照明のスタンドが季生目がけて照らされる。まぶしさのあまり季生は手を目にかざす。

「手を挙げろ！」

男が叫ぶ。

季生は言われたとおり手を挙げる。

「そこで止まれ！」

まぶしさに目が眩みながらも、季生は状況を把握しようと目を凝らす。

照明スタンドのそばに男は立っている。そのすぐ脇には小さなシルエットが。杏介に違いない。

パイプ椅子に座らされているようである。

「物はどこにある」

男が尋ねる。

「ジャンパーのポケットの中にある」

「取り出して見せろ」

季生がポケットから携帯ストラップを取り出そうとする。

「ゆっくり！」

男が怒鳴りつける。

季生は男の指示通りゆっくりとポケットに手を入れ、そっと携帯ストラップを取り出す。

「手を挙げろ！」

季生は携帯ストラップを持ったまま手を挙げる。

「何だ、それは？」

「この中に隠してある」

「中身を取り出せ」

季生は携帯ストラップのボアをほじくり、中からＵＳＢメモリーを取り出す。

「見えるように手を上に挙げろ」

男に言われたとおり、季生はＵＳＢメモリーを指でつまむと両手を挙げる。

「床へ投げろ」

「その前に亮を解放しろ」

季生が要求する。

「だめだ。先にそいつをよこせ」

「せめて亮が無事かどうか確かめさせてくれ」

男は少し間を置いて応じる。

「いいだろう」

男は照明スタンドを椅子に座らされている影の方に向ける。

そこへ照らし出される杏介と思しき少年。ぐったりと力なくうなだれている。後ろ手に縛られ、頭には布袋を被せられている。

少年の喉元がちらちらと光る。男がナイフを突きつけているようだ。

男は少年の頭から布袋を取り去り、少年の髪を摑むと顔が判別できるよう照明の前に突き出す。

照明の明かりに浮かび上がる少年の横顔。見るも無惨に痛めつけられ、赤く腫れ上がった横顔。紛れもなく杏介である。

「いいだろう」

季生はうなずく。

「そいつをゆっくり床へ投げろ」

男の指示通り季生はＵＳＢメモリーを床へ投げ捨てる。

ＵＳＢメモリーはかつんと軽く音を立てて、男と季生のちょうど中間辺りに転がる。

男は少年を座らせている椅子から離れると、ナイフをちらつかせ、ＵＳＢメモリーの方へと歩み寄ってくる。

足下までＵＳＢメモリーに近づくと、男は上目遣いで季生を睨めつけながらしゃがみ込み、手を伸ばした瞬間だった。

男が季生から目を離した一瞬の隙を突いて、季生は素早く男との間合いを詰める。

季生は背後に隠した警棒を抜き取ると、男の脳天目がけて振り下ろす。

が、敵も然る者。瞬時に身をかわす。

警棒は男の肩を直撃する。

季生の一撃をものともせず男は反撃してくる。男はナイフを振りかざすと、季生のすね目がけて突き立てる。

「うっ！」

うなり声を発する季生。

ひるむ季生に、男はすかさず季生の足にタックルする。

ふたりの男はもつれ合ったまま床に倒れ込む。取っ組み合って床を転げ回る季生と男。

小部屋に響くのは荒い息づかいと両者の身体が床を打つ音のみ。

と、そばにあった照明スタンドにぶつかる。男が季生の肢体に馬乗りになった瞬間だった。

照明スタンドが男の後頭部に覆い被さってくる。男がひるんだ隙に季生は警棒を握り直す。

今度こそ狙いを外さず男の額に一撃を食らわせる。

悶絶する男。

男の上体が季生にのしかかってきて、季生は男を押しのける。

季生は勢いづいて男を床に組み伏せると、さらにもう一撃後頭部に食らわせる。

男はぴくりとも動かなくなった。

男の生死などにかかずらう余裕など季生にはなかった。床に身体を投げ出し、荒い息を整える。

と、顔を横に向けると目の前にＵＳＢメモリーが。

季生は特殊警棒を放り出すとＵＳＢメモリーを摑み、ジャンパーのポケットにしまう。

傷ついた足を引きずり立ち上がる季生。

床に転がる照明の明かりを頼りに、椅子に座らされている杏介のそばに寄る。

「しっかりしろ。今助けてやるからな」

傷だらけの杏介の顔を季生は優しく撫でてやる。

「センセイ……センセイ」

蚊の鳴くような声でささやく杏介。

季生は男が季生のすねに突き立てたナイフを抜き取り、後ろ手に縛られた杏介の結束バンドを切る。

杏介の指先からは血が滴っている。見ると右手の指の爪がすべて引き剝がされているではないか。

無辜の少年にまでこんなことを……季生は戦慄を覚える。

杏介の片腕を自分の肩に回すと、季生は杏介を椅子から担ぎ上げる。

満身創痍のふたり。小部屋の扉からようやく出て行こうとしていた。

季生が扉の枠に身体をもたれかけた時だった。

刹那、何者かが季生の腕を掴む。そのまま季生は杏介もろとも小部屋の外へと引っぱり出される。

身体を振り回され、杏介は地面に放り出される。

季生は腕を引き寄せられると、頬にパンチを食らわされる。不意打ちを喰い、地面に叩きつけられる季生。

季生が振り返って見上げると、不敵な目つきで季生を見下ろす男。そこに立っていたのは四人目の敵であった。

もはや逃れるすべはない。

精も根も尽き果てようとしていた季生に残された手立てはただひとつ。

「杏介！　逃げろ！　逃げるんだ！」

季生は声の限り叫ぶ。

同時に、渾身の力を振り絞ると頭から男に体当たりしていく。

捨て身の覚悟もむなしく、季生はやすやすと首根っこを摑まれ、投げ飛ばされる。

地べたに這いつくばる季生の横っ腹を蹴り上げる男。ついで、季生を仰向けにすると馬乗りになり、首に手をかける。

ついに運は尽きたように思われた。

と、ずんと鈍い音がする。

季生は自分の骨が砕けたのだと思った。

が、目の前の男の表情が凍りついていた。

にわかに季生の首に回された男の手が緩んだかと思うと、男は目を見開いたまま季生の上に覆い被さってくる。

季生は倒れ込んできた男の首をよける。

見上げるとそこに杏介が突っ立っていた。杏介の手には特殊警棒が握られている。

「うぉ！」

吼える杏介。

特殊警棒を振りかざすと、さらに男の肢体目がけて追い打ちをかける。危うく季生の身体に当たりそうになる。

季生は下敷きになっている男の身体の下から這い出す。

杏介はなおも男の身体を容赦なくめった打ちにする。猛り狂ったその形相はさながら夜叉。

季生は呆気にとられる。

肉を引き裂き骨が砕け、やがて皮膚が破れ、辺りに血飛沫が飛び散る。

季生ははたと我に返る。

「もういい！　もうよせ！」

季生の声など、まるで耳に入らない杏介。憑かれたかのごとく警棒を振り下ろし続ける。

ついに季生は杏介を背後から羽交い締めにする。

季生に身体を締め付けられながらも、ゼンマイ仕掛けのブリキ人形よろしく杏介はバタバタと四肢を動かし続ける。

が、ゼンマイが緩んできたのか次第に手足の動きが緩慢になる。

やがてぴたりと止む。

杏介は握りしめていた特殊警棒を取り落とす。鈍い金属音とともに警棒が地面に転がる。

季生はゆっくりと杏介の身体から腕をほどく。力なく地べたに崩れ落ちる杏介。季生も地べたにへたり込む。肩で息をする季生。

しっかりと杏介を背中から抱きしめる。

静まりかえる倉庫内。

遠くでパトカーのサイレンの音がする。

その音が次第に近づいてくるのが季生の耳にも届いていた。

＊　＊　＊

人っ子ひとりいなかった静かな倉庫街は、あっという間に警察車両で埋め尽くされた。

警官隊に占拠され騒然とごった返す倉庫内。いち早く現場が保存され、鑑識によって現場検証が進められていく。

警官隊とともに救急隊も駆けつけ、怪我人や遺体の収容がなされている。

救命救急士たちが杏介をどうにかストレッチャーに乗せようと介抱している。

身体が強ばり身動きひとつしない杏介。ただ一点を見つめたまま、救急隊員の呼びかけにもまったく反応を示さない。

その有様を遠巻きに見守る季生。

と、背後から季生の肩を叩く手が。

振り返ると原田だった。

「あの子、目がいっちまってるな」

原田がつぶやくのにも、季生は敢えて応えず、杏介の方へと向き直る。

「それにしても……単身敵陣に乗り込んで四人も相手に大立ち回りとは、おまえもなかなかやるじゃないか」

「まあな……」

原田は呆れ顔で首を横に振る。

「褒めてんじゃねえよ。無謀だって言ってるんだ」

憎まれ口をきく原田に片笑みする季生。

「それはそうと、よくここがわかったな。おれ、通報してないのに。もしかして尾行した？」

「そんな野暮なことはしないよ」

「え？」

季生は原田の方を振り返る。

「神通力だ」

原田はしたり顔で答える。

「おまえ気づいてなかったのか？　電話口で大声で復唱してただろう。ここの場所」

そういえば、病院の休憩所で犯行グループから電話を受けた際、機密文書を記録した

ＵＳＢメモリーの受け渡し場所を聞き出したことを、季生は思い返す。

「地獄耳だな」

「地獄耳とは心外な。おまえひとりに手柄をゆずるわけはないだろ」

ふたりは黙り込む。

応急処置を受ける杏介を眺めている。完全に身体が固まってしまっている杏介に救命救急士たちはかなり手こずっているようだ。

原田が徐に口を開く。

「なあ、辞めるなんて言うなよ」

季生は原田の方を振り返る。いつになく真剣な面持ちの原田。

「この先何があろうと警察だけは辞めるなよ。泉のこととか……」

原田の言葉は万が一を覚悟するよう、それとなくほのめかしていた。泉の容態が思わしくないことを季生は察する。

「おまえのようなやつが警察には必要なんだ。何があろうと決してぶれない、いつ何時も正義を貫ける男がな」

季生はかつて泉が言っていたことを思い返す。

季生にとって本当に必要なのは使命。季生はいつだって人のためになりたい、人のために何かしてあげたいと願う正義の味方。ぺっかぺかのスーパーヒーローだと泉は季生を励ましてくれた。

「何だよ、くさいせりふ吐きやがって……辞めねえよ。おまえひとりじゃ心許ないからな」

面はゆくて照れ隠しにうそぶく季生。

救命救急士たちはようやく杏介をストレッチャーに収容し終える。杏介を乗せたストレッチャーがふたりの前を通り過ぎていく。

季生は杏介と目を合わそうとするも、杏介はうつろな瞳でただ宙を見つめたまま。

ほっと大きくため息をつく季生。

「おまえも早く治療してもらえ」

怪訝そうに原田を見返す季生。

「心配するな。おまえも杏介も泉と同じ病院に搬送してやるから」

救命救急士がストレッチャーに乗るよう季生を促す。

「いいんだ。先に行っててくれ」

季生は自力で歩いていける旨を伝える。

季生をその場に残すと、救命救急士たちは空のストレッチャーを押して倉庫の外へと向かう。

「あ、そうだ。手を出せ」

季生はジャンパーのポケットに手を入れる。

「何だよ?」

原田が尋ねる。

季生はポケットからＵＳＢメモリーを取り出す。

「おまえにこれ、渡しておく」

季生は原田の手のひらにＵＳＢメモリーを載せる。

「これでおまえも立派な公安だな」

原田はＵＳＢメモリーをぐっと握りしめる。

「ありがとう」

季生は踵を返すと、足を引きずりつつ倉庫の外へと向かう。

「あんまり無茶するなよ」

原田は季生の背中に呼びかける。季生は振り返らず、ただ片手を挙げて答える。

原田は倉庫から季生の後ろ姿が完全に消えるのを見届ける。

原田は握りしめた拳を徐に開く。

手の中のＵＳＢメモリーをしばらく眺めていた。

が、それを地面に落とすと靴の踵でひねり潰す。何事もなかったかのようにその場を立ち去る原田。

慌ただしく現場を奔走する警官たちにかき消されていく原田の後ろ姿。

＊　＊　＊

数週間後、季生は病院にいた。

ふくらはぎの刺し傷はいまだ疼くものの、その他の傷はすっかり癒えていた。

季生は病院を退院し、職場復帰も間近に控えている。

今日季生がここにいる理由は、泉と杏介に会うためだ。

中庭のベンチに腰を下ろし、佇む季生。

手入れの行き届いた庭木の数々。喬木から灌木まで多種多様な常緑樹が枝を伸ばしている。

前栽では萩の花が今を盛りに咲き誇り、赤や白の花弁が木々の青に彩りを添えている。

晴れ上がった空のもと、清々しい緑に安らぎを求めて中庭へと誘われる患者たち。木々に囲まれた小径をのんびり散歩する人。木漏れ日の下をひとり静かにひなたぼっこする人。面会に訪れた家族や友人と談笑を愉しむ人。おのおの憩いのひとときを満喫している。

やがて医療療法士に車いすを押され、ひとり目の待ち人が中庭を訪れる。

精神状態がなかなか安定せず長らく面会がかなわなかったのが、ここにきてようやく医療関係者立ち会いの下、会うことが許されたのだ。

「杏介、元気にやっていたか」

季生は微笑みながら優しく語りかける。

杏介は季生の呼びかけに応えることもなく、うつろな目でただぼんやりと遠くを見つめている。

季生は車いすのそばに立つ医療療法士を見上げる。医療療法士は首を横に振る。

季生は杏介の手を取る。右手の爪の傷跡がまだ痛々しい。

「先生だよ。先生のことは覚えているかい？　先生が会いに来たんだよ」

杏介は相変わらず自分の殻に閉じこもったまま、外界からの刺激にまったく反応を示さない。

十七歳にして苛烈極まる茨の道を、甘んじて受け入れ健気に歩んできた杏介であったが、過酷な運命に翻弄されるうちに徐々に精神が蝕まれていったのであろう。

そして、ついに耐えきれず崩壊してしまった。

泉が指摘したように、季生と出遭った時すでに壊れかけていたのかもしれない。

愛する者を喪ったと同時に、先生を喪ったと同時に、正気を失った。

と、にわかに一陣の風が中庭を吹き抜ける。木々は梢をしならせ、さんざめく。

季生は空を仰ぐ。

天高く鱗雲が凄まじい勢いで流れていく。

古より秋の空は移ろいやすいと言われているが、今日のこの晴天も一時限りのものであろう。どうやら台風が近づいてきているようだ。

医療療法士によると杏介は近々に転院するとのこと。

季生との約束通り、泉が杏介の入院先にと斡旋してくれていた精神神経科の専門病院にである。

爪の傷はいずれ癒えるであろう。季生は杏介の手をそっと握りしめると、その手を杏介の膝の上にのせる。

「また来るよ」

そう言い残して、季生はベンチから立ち上がる。

中庭から病棟へと入っていく季生。

次の待ち人のもとへと自ずと早足になる。

廊下奥のエレベーターの扉が開くのが見え、季生は小走りでエレベーターに滑り込む。

目的の階にエレベーターが到着し、扉が開くとそこは集中治療室の階である。季生は入院中も退院してからも、毎日欠かさずここへ通い詰めている。

二十四時間態勢で集中管理されている治療室では、面会はおろか入室すらままならない。季生は集中治療室のガラス窓から中の様子をのぞき込む。

部屋の奥では泉が生命維持装置につながれ、ベッドに横たわっている。

愛しい人……その瞳を輝かせ溢れんばかりの笑顔を季生に投げかけることはない。

季生はひとしきりガラス窓の向こうを見つめていた。

身じろぎひとつしない泉。

窓から視線をそらす季生。

と、窓の奥で何か動いたような気がする。

はっとして季生は今一度ガラスの向こうに目を凝らす。

が、何ひとつ変わらず昏々と眠り続ける泉の姿があるだけ。

いたたまれず窓に背を向ける季生。

このままの状態が続けば、この先どうなってしまうのであろうか。

泉をどうするかについては泉の両親に委ねるより他ない。季生にできることは奇跡を信じて、ただひたすら待ち続けることだけ。

季生は踵を返すとエレベーターへと引き返していく。

＊　＊　＊

山中の廃車場に戻ってきた季生。

長らく過ごしたこのプレハブとも別れを告げる時が近づきつつある。明日にはここを引き払うつもりだ。

ひとまとめにされた荷物。もとより男のひとり所帯に大した持ち物などない。身の回りの衣類や日用品を旅行鞄に詰め込んだだけである。

がらんとしたプレハブをあらためて眺める季生。

数ヶ月前ここへ訪れた時には、何もかも忘れて俗世の垢を落とすのだと心に誓っていた。

なんと甘ちゃんな覚悟であったことか。なんと浅はかな独り善がりであったことか。

生半可な修行僧気取りだった自分を季生は今さらのごとく恥じる。

季生はベッドに腰を下ろす。

少なくとも今晩一夜はここで寝泊まりするつもりでいるため、ベッドだけはシーツを掛けたままにしてある。

プレハブの外でゴーと風が吹き荒れる。何か板状のものが風にあおられてバタンバタンと音を立てる。

洗面台の上のガラス窓を見上げる季生。

外はかなり日が陰りつつあった。

黄昏時を迎え、日が落ちてきたからばかりではない。いよいよ台風がすぐそこまで迫っているようだ。

徐々に目が慣れていったせいか、部屋の中がすっかり暗くなっていることに季生は気づかずにいた。

と、何者かがガラス窓を叩く音が。

風の仕業ではない。

どうやら白猫のキティのご帰還である。

雨であろうと出歩くことを苦にしないさしものキティも、台風の接近ともなれば話が別のようだ。

季生はベッドから立ち上がると窓を開け放つ。

一陣の風が部屋に吹き込み、季生の髪をなびかせる。

季生は刹那まぶたを閉じる。

キティは窓枠から洗面台を伝って部屋の床にすとんと降り立つ。

季生は明かりを点けようかとスイッチに手を伸ばすも、やはりそんな気分にはなれず、またしてもベッドに座り込む。

季生の足下にすり寄るキティ。

どこからともなく懐かしさを覚える匂いが漂ってくる。雨が土を濡らす匂いだ。

突如、言い知れぬ喪失感が季生の胸を突き上げてくる。息ができないほど苦しくなって、こらえきれず季生は嗚咽する。

季生はベッドに突っ伏すと、身も世もなく慟哭した。

失ったものの重さをどんなに悔やめども、もはや取り返しがつかない。

悔恨の念がたぎり落ちる涙となって季生の頬を伝う。

キティがベッドの上にひらりと舞い上がる。

季生の耳元でささやくようにねえと鳴く。
シーツに埋めていた顔を上げる季生。
キティは優しく季生の頬を嘗める。
季生はキティを抱きしめる。
孤独に身を震わせる季生。
空の彼方で遠雷が鳴る。
彼の名を呼ぶかのごとく。
「トキオ、トキオ」

—END—

あとがき

恋愛小説が書きたくて。

小説家であるなら誰しも一度はそう思うはず。

太古よりあまたの作家が愛をテーマに実に多様な物語を編みだしてきました。愛を著した書物はそれこそ星の数ほどあります。世界的大ベストセラーにして大ロングセラーの聖書だって、神の慈愛を讃えるまさしく愛の書と言えるでしょう。

愛、それは人類が始まって以来の永遠にして普遍なるテーゼ。他の動物は決して味わうことのない人類にのみ許された甘美。あるいは他の動物は免れ、人類だけがこうむる辛苦と言うべきか。

時にその情熱は憎しみをも喚起することも。可愛さ余って憎さ百倍。愛憎相半ばするなどとはよく言ったもので、愛と憎しみは表裏一体、紙一重。愛憎高じて狂気を招くなんて悲劇は古代ギリシア以来の語りぐさであります。

一口に愛と申しましても、その有様は千差万別。親子の情愛に始まり、アガペー、エロス、フィロソフィー、プラトニックラブetc.　何を愛するのか、どのような愛に重きを置くのかによって、愛にも様々な横顔が。
てなわけで、ここでは狭義に恋愛に絞りましょう。

何はともあれ、とにもかくにも、有史以来、文化文明あるところ、人々は愛の証しをありとあらゆる形にして表現してきました。詩歌、散文、書簡は言うに及ばず絵画、彫刻、工芸、手芸、写真、映画などなど。時にその場限りで消えてなくなるものにさえ。演劇、音楽、料理、化粧、香水、媚薬に至るまで。これでもかと言わんばかりに、人は思いの丈を語り、詠い、綴り、描き、刻み、切り取り、写し、香り、魅せ、振る舞い……かくして人類は愛を芸術の域にまで昇華し、その結実として、まさしく我ら子孫繁栄があるのであります。

今こうしてお読みくださってる読者の方の中にもいらっしゃるのでは？　かつて愛の痕跡を〝作品〟として残された方が。その昔、どうにもこうにも告げられぬ秘めたる胸の内を、持て余す情熱に任せ、学校の机や椅子、公園の公衆トイレの壁やなんかに託した覚えが……相合い傘なんか描いたりなんかして。たかが落書き、されど落書き。落書きだって立派な器物損壊罪もしくは建造物損壊罪。

ああ若気の至り、もう時効なんだから見逃してちょうだい。それに取るに足りない落書きだって風化を免れ、年月の淘汰に耐えれば貴重な歴史的遺産。四百年前アンコールワットに訪れた日本人侍が書き残した落書きも、今では立派な観光スポットだそうですし。四百年ぶりとまではいかないまでも、何十年かぶりに同窓会で憧れの人とばったり再会。そのあまりに変わり果てた有様に愕然とする、なんてことはままある話。こんな人のどこがよかったんだろ？　百年の愛も冷める……自身の変容ぶりは棚に上げて。まさしく愛は盲目。某命、なんてタトゥーいれてなくてよかった、とほっと胸をなで下ろす始末。

おっと、話が脇道に逸れました。それはさておき……。

とかくこの恋愛とやらは厄介な代物でありまして。かく言う不肖もご多分に漏れず恋愛にはさんざん手を焼いております。辛酸を嘗めること数知れず。いやはや恋愛というものはまったく以て、思うに別れ思わぬに添うとでも申しますか。若きウェルテルもかなわぬ恋に身を焦がし、かの漱石先生も恋心と友情を秤にかけて、友を死に追いやり後悔の念に苛まれる主人公を描いておいでで。

初恋、失恋、片思い、浮気に不倫……世の中には不毛な恋、人目を忍ぶ恋、道ならぬ恋の実に多きこと。古くは万葉の代の額田王と中大兄皇子から、光源氏と藤壺の女御、ロミオとジュリエット、アベラールとエロイーズ、近年なら映画タイタニックのジャックとローズといったところかしら……さぁ舳先に立って大海原に向かって両腕を広げま、う！　それには後ろで支えてくれる人が欠かせませんが And My Heart Will Go On And On♪　どちら様もお後がよろしいようで。中には人目もはばからず世界の中心で愛を叫ぶ方もいらっしゃるようですが。

果たして、古今東西、洋の東西問わず恋愛には法則なるものがございますようで。恋愛は思うに任せぬ茨の道であればあるほど燃え上がる。これぞまさしく宇宙の真理、アインシュタイン博士の特殊相対性理論も何のその。$E=MC^2$よりもシンプル且つ、何より誰でも理解できる永久不滅の方程式。恋をしたことのある人なら誰でも。

どんなに時代を経ようとも、どれほど社会が発展を遂げようとも、こと恋愛に関して言えるのは、良くも悪しくも人間は旧態依然として万葉人の発想とさして変わりないということ。

和歌を取り交わす代わりに電子メールやＳＮＳでメッセージをピピッと送受信。メッセージの代わりに写真や動画、スタンプなんかをやり取りすることも。御簾越しに顔を合わせず言葉だけで語らう代わりに携帯電話で声だけで会話。どうせ近所にいるんだから直接会いに行っちゃえば済むものを。慕る想いを日記に綴る代わりにブログをつける。中には何をまかり間違ったのか公開しちゃっている人もいますけど。

そうは言っても近代以前は、恋愛には社会的にも道徳的にも枷とでも言いますか何らかの制約がありました。ちっとは慎みがあったと言うものかしら。ところが、自由恋愛がまかり通る現代においては、恥も外聞もあったものではない。すべてが大っぴらのフルモンティ。

現代は空前の恋愛大安売り時代。実際それを飯のタネにしている輩も少なくないわけで。テレビでは恋愛メロドラマが湯水のごとくたれ流され、ワイドショーでは連日やれ、どの芸能人が惚れたのはれたのと……そんなこと知ったところで我が身の恋愛事情に何ら影響は及ばないんですけど。最近のポップスや歌謡曲なんかに至っては、ほぼ１００パーセント恋愛ネタを歌っているんじゃないでしょうか。むしろ恋愛ではない歌を探す方が至難の業。

さて、長々と恋愛談義をしてまいりましたが、ここで本作品につきまして、こぼれ話をひとつ。

とある月夜の晩、知人と隣町にあるハードロックバーで飲んでいた時のこと。ふと、次回作について話が及び……不肖、構想中のネタについて他人に話すことはめったにないのですが……秘密主義でももったいぶっているわけでもなく、ただ頭の中にある内容が夢みたいにあまりにも奇想天外、支離滅裂で、人に話せるだけの体をなさないだけのこと。お酒が入っていたこともあってか、つい気が緩んでしまっていたのでしょうねぇ。

「恋愛小説を書きたいなぁ、なんて考えてるんですけど。少女と中年男との許されざる恋の道行き。行き着く先は奈落みたいな……でも、今ふと思ったんですけど、少女という設定を少年に置き換えてみる、ってなこともありかなぁなんて」

知人はただ無言でした。その知人というのは四十代後半の男性でして、彼の顔には『おれにそんなこと聞かれても、少女にだって興味はないのに。まして少年なんて……』と困惑の表情がありありと浮かんでおりました。

そんな顔しなくても。ドイツの文豪トーマス・マンだって小説「ベニスに死す」にて、初老の男が紅顔の美少年の虜になってしまい身を滅ぼす様を描いているではないですか。

てなわけで、ちょっとした思いつきのせいで、人物構成が当初の想定からがらりと変わってしまい、一からストーリーを練り直す羽目に。けちな保険金詐欺事件の設定だったのが、スパイの暗躍する国際的な諜報活動にまで構想が膨らみ……さらに売春、殺人、窃盗、横領と思いつく限りの犯罪をばんばん盛り込み、もう悪事の寄せ鍋。

その上で、つみれとして、不肖の乏しい恋愛経験をつなぎのパン粉で以てかさ増しし、妄想というスパイスをこれでもかとばかりに目一杯振りかけ、捏ねて丸めたものを寄せ鍋にぶち込んだもんだからさあ大変！　いざふたを開けてみると、じゃじゃじゃーん。湯気の中から現れたるは、とても恋愛小説とは似ても似つかぬ代物！

はてさて煮込みハンバーグを作るつもりがごった煮の鍋料理に化けちゃった！　料理が違うどころか料理のジャンルも違うときた。まぁいいじゃないですか、おいしければ。否、面白ければ、な〜んてね。

愚見はさておき、これまでもジャンルにこだわることなく書き散らかしてきた不肖の本領発揮といったところ。とにかく読んでいくつもの味を楽しめる読本を目指してみました。

お読みいただいて、腹いっぱいならぬ胸いっぱいにご満足いただけると幸いです。

最後に、拙作を世に送り出す歓びをかみしめることができますのも、読者の皆様あってのことと深く感謝申し上げます。末永くご愛読賜りますよう、心よりお願い申し上げます。

再四出版したいとする不肖の急な申し出にも快く諾《うべな》ってくださり、多大なるご尽力を賜りました関係者の皆様に、今一度御礼申し上げます。

さらに、いつも変わらぬご愛顧とエールで以て、執筆に向かう不肖の気力を支え、次回作を心待ちにしてくださっている心友の皆様へ、心より感謝申し上げます。

そして、いつもながら。愛する母へ、ありがとう。

著者プロフィール

青桃（あおもも）

５月生まれのふたご座。

生まれも育ちも大阪。

趣味はサイクリング、工芸手芸、絵を描くこと、ピアノを弾くこと。

好物は、桃とハードロック。

著書に、『汀の砂』『子供たちの午後』『新クニウミ神話 —ZONE—』（ともに文芸社）がある。

Kiss Incomplete

2017年10月15日　初版第１刷発行

著　者　青桃
発行者　瓜谷 綱延
発行所　株式会社文芸社
〒160-0022　東京都新宿区新宿１－10－１
電話　03-5369-3060（代表）
03-5369-2299（販売）

印刷所　株式会社フクイン

ISBN978-4-286-18364-0